新陰の大河

―上泉信綱伝―

上田秀人

小学館

新陰の大河

上泉信綱伝

目次

第一章　敗戦の訓

一

数万の軍勢が武蔵河越城《むさしかわごえじょう》を囲んでから、半年近くが経《た》った。

倦《う》む。

「いい加減にあきらめればよいものを」

「兵糧《ひょうろう》が尽きるまで堪え忍ぶつもりなのだと思いまするが……」

河越城を見ながら、関東管領《かんれい》の山内上杉憲政《やまのうちうえすぎのりまさ》に話しかけられた重臣長野信濃守業政《ながのしなののかみなりまさ》がため息を吐《つ》いた。

今は北条《ほうじょう》氏のものとなっているが、河越城は少し前まで扇ガ谷《おうぎやつ》上杉の居城であった。北条に奪われてから多少の改築はおこなわれているようだが、それでも根本は変わっていない。今回の攻城を言い出した扇ガ谷上杉家の当主修理大夫朝定《しゅりのだいぶともさだ》の情報は今のところ通用していた。

「救援は来ぬのだろうな」

「今川《いまがわ》と武田《たけだ》が北条を攻め立てておりまする。とてもこちらへ兵を回すだけの余力はございますまい」

主君の確認に長野業政が首を縦に振った。

もともと山内上杉と扇ガ谷上杉は一族であった。山内上杉家が関東公方《くぼう》と呼ばれる足利《あしかが》家を補佐する関東管領を世襲し、扇ガ谷上杉家はその庶流として従う身分であった。

しかし、長く続いた権力が腐るは世の常、足利幕府の威光が薄れるに伴って関東公方の勢いも陰り始めた。当然、関東管領の権威も落ち、その隙《すき》に分家の扇ガ谷上杉家が、武蔵、相模《さがみ》を押さえて、勢力を増した。

傾き始めた本家と成長し始めた分家が仲違《なかたが》いするのは宿命、やがて山内上杉家と扇ガ谷上杉家が関東の覇権をかけて争い始めた。もともとは足利関東公方家と山内上杉家の争いであった。本拠地鎌倉《かまくら》を追われた足利成氏《しげうじ》は下総《しもうさ》国古河《こが》に移って古河公方と呼ばれるようになる。が、重臣が裏切ったことで山内上杉家が大敗、代わって名将太田道灌《おおたどうかん》を擁《よう》する扇ガ谷上杉家が台頭してきた。

だが、扇ガ谷上杉家も太田道灌の名声を怖《おそ》れ、これを誅殺《ちゅうさつ》してしまい、大いに勢力を減じた。

そこに今川氏の客将であった伊勢新九郎盛時《いせしんくろうもりとき》がつけこんだ。今川治部大輔義元《じぶのたいふよしもと》の兵を借りた伊勢新九郎、後の北条早雲《そううん》は扇ガ谷上杉家の領地を侵食、あっという間に相模を支配した。なおかつ北条氏はその勢力を北に伸ばそうとして武蔵へ出兵、扇ガ谷上杉家の居城であった河越城を攻め落とした。

「このままでは……」

居城を奪われた扇ガ谷上杉朝定は、ようやく一族で争っている場合ではないと上杉憲政に和睦《わぼく》を申し出、やはり北条氏の上野《こうずけ》国侵攻を憂えていた上杉憲政、古河公方足利晴氏《はるうじ》らも同意、今回の河越城攻めへと繋《つな》がった。

三氏合わせて八万という大軍は、十分に強力なものであったが、長野業政はここに一手を加えた。

「北条氏を、ともに討《う》とうではございませぬか」

かつては北条氏を後押ししていた今川義元に講和を持ちかけた。

「苦しからず」

恩義を忘れ、今川家の領土である駿河《するが》、伊豆《いず》へと食指を動かした北条氏を義元も警戒していたことから講和は成立した。

さらに長野業政は北条氏と国を接している武田大膳大夫《だいぜんのだいぶ》晴信《はるのぶ》にも声をかけ、北条家を四方から包囲することに成功した。

「なんという……」

父北条氏綱《うじつな》を失い、家督を継いだばかりであった北条相模守氏康《うじやす》は、家中の把握に力を尽くしている最中《さなか》で、今川と武田の攻勢にはまさに出鼻をくじかれた形になった。

「今こそ」

その機を待って、三氏連合軍は河越城へ攻めかかった。

河越城は一時、武蔵と相模を支配した扇ガ谷上杉家が居城として築いただけに、規模も大きく、城の北を流れる赤間川《あかま》、入間川《いるま》を天然の堀として使用し、南側は遊女川《よな》の湿地に守られた難攻不落のものであった。

「ござんなれや」

また城を預かっている北条左衛門大夫綱成《さえもんのたいふつなしげ》は地黄八幡《じきはちまん》の異名を取る猛将であり、わずか三千の兵ながらよく守っていた。

「とはいえ、兵糧も残りはございますまい。あと一カ月ほどで勝負は付きましょう」

長野業政が上杉憲政に告げた。

「そうか。重畳《ちょうじょう》である」

満足そうに上杉憲政がうなずいた。

「盛大に修理大夫へ恩が売れるの。これで小鳥も思い知ったであろうよ。本家をないがしろにした報いを」

小鳥とは本家になる山内上杉家を大鳥と称するに対して、扇ガ谷上杉家を蔑視《べっし》した表現であった。これは上杉家の家紋《かもん》が竹に雀《すずめ》であることに由来していた。

「さて、余は休む。そちも下がれ」

上杉憲政が手を振った。

主君のもとを下がった長野業政は自陣へと戻った。

「ふうう」

用意された敷きものの上へ長野業政が腰を下ろし、盛大なため息を吐いた。

「いかがなさいました」

小姓《こしょう》が長野業政の様子《ようす》に首をかしげた。

「武蔵守をこれへ」

それには答えず、長野業政は小姓に指示した。

「お呼びでございまするか」

陣中ではなにがあるかわからない。本来ならば、太刀《たち》を外して御前へ出るべきだが、陣中だけは右手に持つことが許されている。その太刀を幕の外へ置いて、上泉《かみいずみ》武蔵守信綱《のぶつな》が伺候《しこう》した。

「来たか、近《ちこ》うよれ」

「御免」

手招きに上泉信綱が応じて、膝行《しっこう》した。

「少し湿すか。酒を持て」

長野業政が小姓に酒の用意を命じた。

「はっ」

小姓が下がっていった。

「武蔵守よ、どうであるか」

なにがとは言わず、長野業政が上泉信綱に問うた。

「おそらく、我が軍だけかと」

上泉信綱が小さく首を左右に振った。

「他は駄目か。上杉修理大夫さまの陣中も……」

「はい」

短く上泉信綱が告げた。

「やれ、己の城を取り返すための戦《いくさ》であろうに。決死の思いなくば、周囲への示しが付くまいが」

もう一度長野業政が嘆息《たんそく》した。

「人というのは命を惜しむものだ。だが、武士というのは命ではなく、土地を惜しむ。一所懸命を忘れ果てた者など武士ではない」

「仰せのとおりでございまする」

長野業政の非難に上泉信綱が同意した。

「お待たせをいたしましてございまする」

小姓が瓶子《へいじ》と木盃《もくはい》、それに味噌《みそ》を塗った柿《かき》の葉を持ってきた。

「ご苦労であった」

長野業政が小姓を労《ねぎら》った。

「……酸《す》いな」

盃《さかずき》をあおった長野業政が文句をこぼした。

「季節が一巡りいたしましたゆえ」

上泉信綱が苦笑した。

酒は年貢米などの処理が終わって余ったぶんで醸《かも》される。新酒が出るのは夏前から秋にかけてとなることが多い。その時期を過ぎるとどうしても甘さよりも酸味が強くなり、次の新酒が出る前には、酢に近くなってしまう。

「新酒は箕輪《みのわ》で呑《の》みたいものだ……」

「…………」

ちらと長野業政が遠くを見たのに、上泉信綱は無言で応じた。

「最初がよすぎたのでございまする」

酒から話を上泉信綱が戻した。

「これだけ集まるとは思ってもおらなんだわ。とくに修理大夫さまにあれほどの国人《こくじん》どもが付いてくるとは」

長野業政が驚いていた。

扇ガ谷上杉家の当主修理大夫朝定は、北条によってその居城を奪われた。このとき、北条氏綱は二万と号する大軍を擁し、河越城を攻めた。大軍を五つに分け、その一つ七千の兵を率いて囮《おとり》となった北条氏綱が、上杉朝定を城から釣り出した。

河越城から五十町（約五・四キロメートル）余離れた平原で決戦を挑んだ北条氏綱に襲いかかった上杉朝定は、伏兵となった北条氏別働隊の急襲を受けて壊滅、河越城を捨てて逃げ出す羽目になった。

ときは戦国乱世である。昨日の平穏は今日の騒乱、明日生きているという保証などどこにもない。とくに一族郎党をかき集めても百や二百、せいぜい千ほどしか動員できない小豪族や国人領主たちは辛《つら》い。それこそ、一尺（約三十センチメートル）四方の土地を巡って、殺し合いをする。

生き残りに必死なのだ。

いつ誰が攻めてきて、土地を奪われるかわからない。それを防ぐには頼りになる大名の配下となるのがもっとも確かであった。

攻められたときには、援軍を出してくれる。いや、後ろに誰々が付いているというだけで、攻めこまれることが少なくなる。

もちろん、ただではない。己とは関係のない戦でも、大名の要請とあれば出向かなければならない。他にも年貢を幾《いく》ばくか支払うだとか、特産物の上納とかもしなければならなくなる。それだけに大名を見る目は厳しい。

取るものだけ取り、兵をすり減らすだけすり減らされて、それでいていざとなったら弱い。これではたまったものではない。少しでも駄目だと思えば、あっさりと乗り換えるのが、国人たちであった。

「恥ずかしい負け戦だったそうでございますな」

酒を一人で酌《く》みながら、上泉信綱が訊《き》いた。

「相手を侮《あなど》って城から出て、罠《わな》に落ちた。まあ、将としての名は地に落ちるな」

長野業政が苦い顔をした。

「負けた将に付いてくるのは、譜代の家臣だけというのが決まりなのだが、さすがは上杉というところか」

上杉の名前は大きい。分家とはいえ、本家山内上杉になにかあれば、関東管領になることができる。関東の武家を支配する関東公方足利家の重臣中の重臣、それが上杉家であり、その名前は鳴り響いていた。

上杉に比して、北条氏の歴史は浅い。一応、鎌倉幕府で代々執権を出してきた北条氏の末だと言い張っているが、初代となる北条早雲が出てくるまでは誰も知らなかったのだ。

「北条には名前がございませぬか」

上泉信綱がため息を吐いた。

「人をひきつけるほどではない。たかが三代ではの」

長野業政が述べた。

北条が侮れない勢力であることはわかっている。事実、北条が支配している相模、伊豆などはよく治まり、一揆《いっき》などもない。もとは扇ガ谷上杉家の配下だった国人たちも、今は北条を頼みにしている。

「幸いだったのは、河越城を失ってから代が替わるほど経っていないというところかの」

「天文《てんぶん》六年（一五三七）のことと覚えておりまするゆえ、九年でございますか」

長野業政の言葉に、上泉信綱が付け加えた。

「人心いまだ離れずと取るべき……なのだろうが」

「ご懸念でありまするな」

「おうよ。どうも修理大夫さまの軍勢に気が感じられぬ」

長野業政が難しい顔をした。

「たしかに」

上泉信綱も同じ思いであった。

「陣を見回ってくれるか。手当てできるものならば、いたしておきたい。兵法を学んだそなたならば、他人の気も見えよう」

「わたくしでよろしければ」

主君の求めに、上泉信綱が首肯《しゅこう》した。

二

山内上杉、扇ガ谷上杉家、そして古河公方家。八万の連合軍とはいえ、それぞれが出自で固まるのは当然であった。

上泉信綱の属する長野家は山内上杉の家臣であり、その陣は河越城の南、遊女川の湿地帯を抜けた砂窪《すなくぼ》に敷かれていた。

扇ガ谷上杉家は河越城の弱点とされる西側に、古河公方家は東側にそれぞれ兵をまとめて陣を置いている。

河越城最大の防御となる赤間川、入間川を堀に使った北側には、見張りていどの兵しか配されていない。これは、攻めにくい場所は逃げ出しにくい場所でもあるからであった。

「……長野家の上泉武蔵守でござる」

他家の陣中を歩くときには身分をあきらかにしなければ、様子をうかがいに来た細作《さいさく》や、陣を荒しに来た乱破《らっぱ》と見られて咎《とが》めを受ける。

上泉信綱は会う人ごとに名乗りをしながら、足早に陣中を観察した。

「なんだこれは」

しばらくして上泉信綱が唖然《あぜん》とした。

上泉信綱は己から名乗ってはいるが、一度も誰何《すいか》されていなかった。

「気が緩《ゆる》みすぎておる」

扇ガ谷上杉家の陣の体《てい》たらくに上泉信綱があきれた。

上野国の名門大胡《おおご》氏の流れを汲む上泉家は、その一族として大胡城の支城上泉城の城主であった。

しかし、新田金山《にったかなやま》城の横瀬《よこせ》氏がその勢力を増し、大胡城を圧迫、大胡氏は城を捨てて牛込《うしごめ》城へと逃げこんだ。上泉信綱が三十四歳のときである。

「戦は数だ」

大胡氏は藤原秀郷《ふじわらのひでさと》の子孫を称していたが、その名前だけでは城を維持できず、横瀬氏が攻め寄せたときには、十分な兵が集まらなかった。

「あっけないものよ」

城主のたしなみとして兵法を学んでいた上泉信綱は、そのかかわりで陰流《かげ》も習得していた。兵法とは、軍略、城造り、諜略《ちょうりゃく》、そして槍《やり》、弓、剣など、武将として学ぶべきものすべての体系であった。戦場《いくさば》での槍働きだけを考えていればいい端武者《はむしゃ》ならば、読み書きも不要だが、小さいとはいえ城を預かる名門の家に生まれた限りは、身につけていなければならなかった。上泉信綱は熱心に兵法を学んだ。

だが、本家でもあり主君でもある大胡氏が領地も城も捨てて逃げ出してしまってはどうしようもない。いくら上泉信綱が出来物でも出せる兵力は百もないのだ。上泉城に籠《こ》もって抵抗したところでまさに鎧袖一触《がいしゅういっしょく》、兵も城も命も失う。その代わりに得るのは、状況を把握さえできぬ愚か者という嘲笑《ちょうしょう》だけ。

「城を捨てる」

栄枯盛衰は避けて通れない。天下を統一した足利家も今や三好《みよし》の傀儡《かいらい》となり、見る影もなくなっている。

上泉信綱は城を捨て、一部の家臣だけを連れて領地を離れた。

「余に仕えよ」

城を失った上泉信綱を誘ってくれたのが、大胡氏の寄親《よりおや》の長野業政であった。城も領地も失い、逃げた本家を頼るわけにもいかず、途方に暮れていた上泉信綱は、喜んで誘いに応じた。

「そなたの力を貸してくれ」

十七歳上の長野業政は、上泉信綱の武名を買っていた。

「息子に兵法を指南してやってくれ」

しばらく側《そば》近くで使い、上泉信綱の人柄を信頼した長野業政は、嫡男《ちゃくなん》たちの教育の一部を預けてくれた。

「お任せを」

上泉信綱は長野業政の期待によく応《こた》え、その息子たちを鍛えた。今回の戦に、長野業政の嫡男吉業《よしなり》も従っている。

弟子を教えるには稽古《けいこ》も大事だが、実戦に優《まさ》るものはない。

今は手を組んでいるが、少し前まで扇ガ谷上杉家と山内上杉家は小競り合いを繰り返してきた。他にも上野を狙《ねら》う武田晴信のちょっかいもある。

上泉信綱は率先して戦場に立ち、多くの敵を屠《ほふ》った。

「名のある武将だけを相手にはできませぬ。そこにいたるまでには足軽《あしがる》もおりまする。端武者もかかってきまする。その手の者を甘く見てはなりませぬ。一撃で仕留めるようになさらねば、要らぬ反撃を喰《く》らいまする」

長野業政の息子の前で、上泉信綱は足軽を両断し、端武者の血脈を刎《は》ね、鬼神のような働きを見せた。

「長野には十六人の無双がいる」

やがて上泉信綱は長野家きっての武将として、上州《じょうしゅう》に名を轟《とどろ》かせるようになった。

「……気配がありすぎる」

上泉信綱は長野業政の信頼に応じるべく、真剣な表情で視察をおこなっていた。

兵法はどう戦うか、戦場を支配する気の扱い方を学ぶ。

戦場には三つの気があった。天の気、地の気、人の気である。

天の気は戦場の気候、地の気は地形、そして人の気は兵たちの士気を指す。

上泉信綱はそのなかでも人の気に重きを置いていた。

「…………」

ゆっくりと息を吸い、鼻から糸のようにゆっくり吐く。呼吸の数を減らすことで、己の気配を消し、周囲に溶けこんでいく。兵法の一つ、剣術で遣《や》り合《あ》うとき、相手の気配をしっかりと感じ、いつ動き出すかを身体《からだ》で読むための技である。それを上泉信綱は陣中で使った。

「なさすぎる」

警戒する気配、いわゆる殺気というものがまったく反応しなかった。

上泉信綱は肩を落とした。

八万と号する大軍ではあるが、その半数は山内上杉が出している。関東管領としての威光も当然あるが、今やお飾りになった関東公方足利家に代わって坂東武者《ばんどうむしゃ》を差配しているという自負からも、他家の軍勢より少ないわけにはいかないのだ。

その次が扇ガ谷上杉家であった。もっとも扇ガ谷上杉の軍勢は、河越城を取り囲んでから増えて二万五千ほどになった。これは扇ガ谷上杉家が北条よりも優位だと読んだ国人たちが、馳せ参《はさん》じた結果である。もともと用意できた兵は一万八千ほどでしかない。

「陣形は常のとおり、後から来た連中ほど城に近いところに配置されている」

こちらが優勢となってから近づいてきた連中は、こちらが不利になれば、あっさりと寝返る。こうして生き残りを図っているのだが、大名にしてみればたまったものではなかった。戦の最中に裏切られては、全軍崩壊もあり得る。それを防ぐために、こういった連中をもっとも前に出し、敵の攻撃に対する盾《たて》とするのが慣例であった。

「たしかに北条は三千……それも籠城《ろうじょう》でかなり減っている」

籠城は堅固な要害に頼って、敵の攻勢に耐え続けるものだが、これには最低の条件があった。かならず、味方の援軍が来る。

この確信がなければ、籠城は悪手でしかなかった。

亀のように城に籠もって攻撃を耐えるといったところで、じっと首をすくめていてはあっさりと負けてしまう。城へ近づこうとする者、弓矢を射かけてくる者を排除しなければ、どれほど堅固な城でもいつかは破られる。

また、抵抗するには、迎撃に使う矢、石や油など、城に取りついた者を攻撃するもの、敵によって破壊された場所を直すための板や釘《くぎ》などの道具、なにより籠もっている兵たちの食料など大量の物資が要る。

どれが尽きても敗北になる。とくに兵糧が底を突けば、抵抗できなくなり、下手《へた》をすれば裏切りが出て、なかから城は落とされることにもなりかねない。

「すでに半年が経っている。それでいて、河越城の士気は落ちていない」

上泉信綱が足を止めて河越城を見た。

さすがに攻略開始時のように、こちらも仕掛けてはいかないが、攻め手もじっとしていてはいけなかった。

籠城側と違って、物資の補給はできるが、それとてただで手に入るものではない。矢は使えばなくなる、米は喰えば尽きる。これは攻め手も受け手も同じである。戦いが長引けば長引くほど、消費は増え、たとえ勝利したとしても財政に被害は出る。

そうなっては勝っても利は減る。少しでも早く籠城を止《や》めさせるために、攻城側は毎日攻めかかっていかなければならなかった。

「見抜かれている」

北条の台頭は、長く続いた関東での序列を乱す。関東は関東管領である山内上杉家に従わねばならない。それが秩序《ちつじょ》であった。

もちろん、北条が山内上杉家に頭《こうべ》を垂れて臣下となるならばいい。しかし、早雲以来の北条は新興の勢力らしく、野望に満ちており、関東における決まりごとを無視している。このまま放置しておけば、扇ガ谷上杉家を呑みこみ、いずれ山内上杉家にも牙《きば》を剝《む》くだろう。

そうさせないために、上杉憲政は扇ガ谷上杉朝定の要請に応じて兵を出した。とはいえ、犠牲を出す気はない。上杉憲政は、連合軍の中核でありながら、北条と扇ガ谷上杉家が共倒れになってくれるのを狙っていた。

「扇ガ谷上杉家にしてみれば、河越城は吾《わ》がものだ。奪い返すのが当然である。とは申せ、ここで無理をして、兵に損害を出せば、今後山内上杉家へ抵抗することができなくなる。どころか、できるだけ山内上杉家の兵力を損じ、戦後の優位を得ようと考えている」

上泉信綱が呟《つぶや》いた。

「両上杉の思惑《おもわく》が違っている。いや、肚《はら》の底では敵対している。そして、古河公方家は単に関東公方としての威厳を守るためにいるだけ」

古河公方家は関東の武士すべてを指揮できるという建前から、直衛の軍勢を持たない。持っていないわけではないが、とても戦ができるほどの数ではなかった。今回引き連れてきたのも、古河公方家という古い格式に価値を認めている者、現状を把握できていない愚かな者ばかりである。だが、こういった連中は古河公方家を崇《あが》めている。いざとなったときの戦力として勘定に入れられるが、古河公方の足利晴氏が大将としての器量ではない。負け戦となったときは、勇猛な配下に守られることしか考えていない。とても戦となったとき、頼りにできる連中ではなかった。

「そのすべてを北条は見抜いているか」

上泉信綱が最初の嘆きに戻った。


一日かけて陣形を見て回った上泉信綱が長野業政へと報告した。

「剣を極めたそなたの目ならば、疑うまい」

長野業政が上泉信綱へうなずいた。

「しくじったかもしれぬな」

「殿、いかがなさいました」

瞑目《めいもく》した長野業政に上泉信綱が問うた。

「今川と武田の両家を動かすに、扇ガ谷上杉家と敵対していた山内上杉家の余が出張るのはまずい。扇ガ谷上杉家を利用して、武田の勢力を削《そ》ごうと考えているととられかねぬ」

甲州《こうしゅう》は作物の生《な》りが悪い。金《きん》が出たところで焼け石に水であり、少し雨が降れば川が溢《あふ》れ稲を失う甲州の民は、絶えず飢餓《きが》状態にあった。

山が多い甲州では、新田の開発もままならず、作物の穫《と》れ高《だか》をあげることはほとんどできない。となれば飢える民を救うために、他国を侵略する他に手立てはなかった。

武田家は先代信虎《のぶとら》の代から近隣を侵略、略奪した。

その武田家は今、信州《しんしゅう》と上野へ手を出そうとしていた。

信州ならば山内上杉にかかわりは少ない。当たり前のことだが、信州を併合して力を付けられてはまずいので、なにかと邪魔はするが、それでも他人事《ひとごと》である。しかし、山内上杉家の領地である上野はなんとしても守らなければならなかった。

事実、甲州に近い上野西部を領している長野業政へ、武田晴信からの手は伸びてきている。

「上野半国を与える」

「当家は代々山内上杉家の家臣でござれば」

武田晴信の誘いを長野業政は拒んだ。今のところ、武田家の策はそこで止まっているが、己に伸ばされた策略の手が他の上野の衆へ及んでいないと安心するほど長野業政は愚かではなかった。

「余への策略、それへの仕返しととられては、なるものもならぬ」

策略を弄《ろう》する者は、他人を決して信用しない。かならず、その言葉の裏を探る。武田晴信は類い稀《まれ》なる策略家であった。家督を己ではなく、弟に譲ろうとした父信虎を同盟国の今川に追放したが、その前に騒動で国が揺れないよう家中を把握していたほどである。

「その点、修理大夫さまは……」

「お得意ではない」

長野業政が言わなかったことを上泉信綱が口にした。

「……他所《よそ》で言うな」

「承知いたしております る」


「承知いたしておりまする」

叱《しか》られた上泉信綱が頭を垂れた。

「なにを怖れておられまする」

上泉信綱が長野業政に問うた。

「武田が、晴信が要らぬまねをするのではないかと危惧《きぐ》しているのだ」

「要らぬまね……」

長野業政の発言に上泉信綱が怪訝《けげん》な顔をした。

「あの晴信が、修理大夫さまの言うことをすんなり受け入れるはずはない。もし、修理大夫さまが河越城を取り返したら、扇ガ谷上杉家が息を吹き返す」

眉間《みけん》にしわを寄せたまま、長野業政が続けた。

「晴信のことだ。今回の戦の様子も知っていよう。扇ガ谷上杉だけでなく、古河公方さま、そして山内上杉家が手を組んだのもな。その後ろに余がいることもだ」

「…………」

上泉信綱が聞き入った。

「今回、勝ち戦になれば扇ガ谷上杉家は山内上杉家に大きな借りを作る」

「はい」

頼まれて兵を出した。その代償はかならず求められる。

「つまり、晴信が上野を狙って攻めこんだとき、山内上杉家が頼めば、扇ガ谷上杉家は援軍を出さざるを得ない」

「ああ」

上泉信綱が理解した。

「武田晴信公にとっては、今回の戦、修理大夫さまが勝っては困る」

「そうよ」

長野業政が盃を干した。

「ですが、機を合わせて北条を攻めれば、相模の領地を押さえられましょう」

「今川がそれを許すか」

疑問を呈した上泉信綱を長野業政が見た。

「この乱世、隣国が大きくなるのを喜ぶ者はおらぬ。今川と武田は縁が深いとはいえ、いつ敵になるかもわからぬのだ。今川も本国駿河に隣接する相模を武田に渡す気にはなるまい。今川としては相模を吾がものとし、武田には信州か上野へ出てもらいたいはずじゃ」

「むうう」

主君の思慮深さに上泉信綱が唸《うな》った。

「武田も今川と直接当たるのは避けたいであろう。今川はなんといっても海道一の弓取りじゃ。領地は富み、物成りもいい。兵も強い。ならば、ここは北条と今川に恩を売って、いずれ上野へ出るときの肥やしにしようと、あの晴信ならばしかねぬ」

「では、武田が裏切ると」

「裏切るというわけではない。そもそも互いに信用なんぞしておらぬ」

大きく長野業政が吐息を漏《も》らした。

「そのことを大殿さまには」

長野家の家臣である上泉信綱にとって山内上杉憲政は、主君の主君になる。上泉信綱は上杉憲政を大殿と呼んだ。

「お教えしておらぬ」

長野業政が首を横に振った。

「なぜでございましょう」

「肚の据わっておらぬ兵法家だからの、こたびの山内上杉家は」

訊いた上泉信綱に長野業政が答えた。

「覚悟がないと」

「少なくとも殿にはない」

確かめた上泉信綱に長野業政が告げた。

「殿は決して臆病《おくびょう》ではない。戦うときはしっかりと戦われる。だが、それは山内上杉家のためにしか発揮されぬ。今回は手を組んでおるとはいえ、先日まで扇ガ谷上杉家とは争っていたのだ。昨日までの敵のために命を張るほどお人好しでは、今の世を生きてはいけぬ」

「…………」

長野業政の言葉は正しい。上泉信綱はなにも言えなかった。

「大名というのは、生き残らねばならぬ。なにより配下を無駄死にさせてはならぬ。配下の将兵は宝じゃ。どれほど大名が強かろうとも、配下がいなければ、その辺の土豪にも負ける。落ち武者狩りを見ればわかるだろう」

長野業政が断言した。

大名同士の戦があるときは、近隣の百姓《ひゃくしょう》や牢人《ろうにん》がその様子を見にくる。人と人がぶつかり合う合戦を見世物として捉《とら》えて、娯楽のない日常の変化としているのもたしかだが、その他に負けたほうの大名や武将を狙うという目的もあった。

地の百姓にとって、その一帯は庭も同然である。どこに抜け道がある、どこに身を隠す洞窟《どうくつ》があるなどを把握していれば、負けた連中がどうやって逃げ出すかもわかる。合戦見物は、戦の様子を見ながらどちらが負けそうかを判断するためのものであった。

勝敗は武士のならい、今日負けても明日勝てばいい。敗戦した大名や武将は再起をはかって逃げ帰ろうとする。なかには整然と軍勢を率いて退却していく者もいるが、そのほとんどが、三々五々逃げ散る。大名でも供の十人も連れていればいいほうなのだ。どれほど豪の者を集めたところで、地の利を握っている百姓が数を頼みにくれば抵抗は難しい。竹槍や戦場で拾った錆槍《さびやり》で貫かれて、名のある武将が死ぬことはままあった。

「負け方が肝心だと」

「いや、負け方というより、逃げ出す機を逃さぬことが肝心だ」

上泉信綱の言葉を長野業政が正した。

「勝ち馬に乗れそうだからこそ、殿はこの長き滞陣に辛抱なさっている。しかし、少しでも危なくなれば……」

「修理大夫さまを見捨てると」

「うむ。だから言えぬ。今、殿にお話し申しあげたら、まちがいなく陣を退《ひ》かれる。となれば、古河公方さまも追従なされよう」

「むうう」

上泉信綱が唸った。

「修理大夫さまの軍勢も終わりまする」

寄せ集めの連合軍のなかでも上杉朝定がもっとも弱かった。人数は足利晴氏よりも多いが、その三割ほどが連合軍の数を頼りに参加してきた国人たちである。数の優位がなくなったら、さっさと尻尾《しっぽ》を巻いて逃げ出す。

逃げ出すだけならまだいい。天秤《てんびん》が傾いたと感じたら、そちらに移動するのが国人の本質である。つまりこちらの味方が減り、敵が増えることになる。

差は寝返った数の倍、たとえば一千が敵に回れば、二千の敵が新たに出たも同じ、そして味方の裏切りを知った者たちの士気は落ちる。

「だから言えぬ。武田晴信が要らぬことをするというのは、余が考えた最悪でしかない。実際にそうなるとは限らない……」

そこまで言って長野業政が城のほうに目をやった。

「武蔵守、見てみよ」

「…………」

言われた上泉信綱が河越城を見た。

「気炎が見えるか」

「……気炎」

上泉信綱が首をかしげた。

「この城は落ちないと感じるか」

「…………」

ていねいに教えられた上泉信綱が遠目に見える河越城へと目をすがめた。

「わかりませぬ」

上泉信綱が首を左右に振った。

「まだ難しいかの」

長野業政が少々残念そうな顔をした。

「ふむ。明日、戦に参加してみるがいい」

「戦に……」

上泉信綱が怪訝な顔をした。

毎日城を取り囲んでいるだけでは、兵たちの油断を止められなかった。戦場での油断ほど怖いものはない。殺し合いをするためにはあるていどの興奮状態が必須なのだ。攻められているほうは毎日命の危険を感じているが、優位に囲んでいるほうはどうしても落ち着いてくる。戦うための神経が切れてしまったところに、逆ねじを喰らえばあっという間に陣形は崩されてしまう。

そうならないように攻め手はときどき無駄と思える攻撃を仕掛けて、味方の士気を維持する。もちろん、これは相手を休ませないための嫌がらせも兼ねていた。

「承知いたしましてございまする」

主君の命とあれば、従うのが家臣である。上泉信綱が首肯した。

甲高《かんだか》い音を立てて鏑矢《かぶらや》が、扇ガ谷上杉家の陣から河越城へと放たれた。矢合わせの合図であった。

「進めえ」

扇ガ谷上杉家の先陣を命じられた国人たちが、配下たちを河越城へと近づけた。

「つがえよ……放てえ」

矢が河越城へと撃ちこまれた。

「防げ」

それに対するように河越城からも矢が飛んでくる。だが、その数は少なく、攻め手に被害らしい被害はなかった。

「矢が尽きかけているぞ。取りつけ」

国人が続けての指示を出した。

「おおっ」

気合いをあげて足軽たちが突っこんでいく。

「ぎゃっ」

近づけば矢も正確に狙ってくる。一人、二人の足軽が射貫《いぬ》かれて転がった。

「かまうな。一心に城を目指せ」

そのくらいは最初から勘定に入っている。

「いけええ」

「させるな」

やがて城の土塁《どるい》を巡っての攻防になる。

「……やあ」

そのなかに上泉信綱もいた。

「せいっ」

今回は攻城の空気を見るための参戦でしかない。敵を逃しはしないが、名乗りを挙げて目立つようなまねは避けた。それでも上泉信綱の槍は、柵《さく》の隙間をしっかりと捕らえ、槍を突きつけてくる敵兵を的確に仕留めていく。

槍は上からたたきつけるようにして、相手の頭や肩に衝撃を与え、動きを止めたところで突くのが通常だが、上泉信綱は突くという行為だけで無駄なく敵を葬った。

全軍攻撃ではないため、城を落とすことはできないとわかっている。命の遣り取りには違いないが、どこか軽い雰囲気で戦は経過した。

「ひけっ」

一刻（約二時間）もせず、国人たちが兵をまとめた。

「……ふむう」

いかに兵法家とはいえ、一人残されてはまずい。上泉信綱も合わせて退いた。

三

簡単な矢合わせ、槍合わせを終えた上泉信綱は長野業政のもとへと帰還した。

「どうであった」

「仰せのように、抵抗が軽くなった気がいたしました。ですが、まだ落とすまではいかぬかと」

問われた上泉信綱が素直に感じたままを告げた。

「そうじゃ」

長野業政がうなずいた。

「兵は嫌気が差している。だがの、将は崩れぬ」

「将が強うございますな。北条は」

述べた長野業政に上泉信綱が同意した。

「地黄八幡北条綱成を始めとする部将が折れぬ」

長野業政も感心した。

「家が大きくなるときは、そういった肚のある連中が集まる。まさに北条がそうよ」

北条を長野業政が称賛した。

「なれど、いつまでも保《も》つものではない。矢と兵糧が尽き、兵の気力がなくなれば、どれだけ勇猛な将でも戦えぬ」

「いつだとお考えでございましょう」

上泉信綱が河越城がいつまで保つかを問うた。

「殿にも申しあげたが、おそらく一カ月たらずで河越城は開く」

「一カ月たらず……」

「そうよ。だから殿に武田晴信のことを申せぬ。あと二十日ほどで城は落ちる。そうなれば北条に大きな痛手を与えられる。そして武田晴信への警告にもなる。まだまだ両上杉は衰えておらぬと誇示もできる。それだけの値打ちがある」

繰り返した上泉信綱に長野業政が続けた。

「…………」

そこまで口にした長野業政が黙った。

「殿……」

上泉信綱が気遣《きづか》うように声をかけた。

「勝てばいい。だが、負けたら……」

「負けたら……」

最後まで言わなかった長野業政に上泉信綱が息を呑んだ。

「もし、負けたら……両上杉は北条と武田によって滅ぼされよう」

長野業政が瞑目した。

長野業政は長男吉業を呼び出した。

「なにがあっても陣を固く守れ。小半刻《こはんとき》（約三十分）耐えれば、かならず父が兵を率いて援助する」

「ご主君さまのお命は、きっとこの吉業が守ってみせまする」

今年で十六歳になった吉業は若武者らしい覇気を見せた。

「頼もしいことじゃ」

長野業政が父親の目で息子を見た。

戦国の世は裏切りの日常でもある。下克上《げこくじょう》という言葉が生まれたことからもわかる。主君だからと安心していては、いつ寝首を掻《か》かれるかわからない。

謀叛《むほん》や裏切りを完全に防ぐ方法はない。ただ、少しでもためらわせたり、野心を抑えたりすることはできる。それが人質であった。主として息子や兄弟が人質になるが、適当な者がいなければ、親や重臣の子供などが選ばれる。

長野業政は上杉憲政のもとへ長男を小姓として預けることで、忠誠の証《あかし》としていた。

「では」

吉業が胸を張って、本陣へと帰っていった。

しかし、悪い予想ほど当たる。

長野業政が気を揉《も》んでいたころ、北条氏康のもとを武田晴信の使者が訪れていた。

「今川の要求を呑み、上野へ不干渉を誓うならば、武田は兵を退く」

「やむなし」

そもそもが今川の領地駿河の東を北条氏が侵略したことに始まる戦であるうえ、いきなりの侵入に北条方の吉原《よしわら》、長久保《ながくぼ》の二城は落城、かろうじて相模の国境《くにざかい》で対峙《たいじ》しているといった有様である。なんとか手にした駿河への足がかりを失うのは痛いが、このままでは河越城まで落とされ、相模の支配も危なくなる。

北条氏康は今川の要求を受け入れた。

「兵を返す」

今川、武田との起請文《きしょうもん》を交わすなり、北条氏康は八千の兵を河越城へと向かわせた。

「馬に食《は》みを嚙《か》ませよ。槍の穂先に布を巻け。兜《かぶと》と鎧《よろい》は置いていけ」

北条氏康が兵たちに音を立てるなと命じた。

「急げ」

身軽になった兵たちを北条氏康は進軍させた。

「元忠《もとただ》」

「これに」

河越城を遠目に望んだ林の陰で北条氏康が重臣多目《ため》元忠を呼んだ。多目家は北条早雲に従って相模へ入った最古参の家柄で、草創七手家老として重用されていた。

「二千預ける。後詰めをいたせ」

数万の敵に八千であたる。もし背後に回りこまれたら、全滅もあり得る。北条氏康は、家の命運をかけた一戦に少しでも備えた。

「承知」

八千のうち二千を分けた北条氏康が、多目元忠に背中を預けた。

「夜半をもって攻める。それまで休め」

北条氏康が兵たちに休息を許した。

長く今川、武田と対峙し、そのまま夜を徹して駆《か》けてきたのだ。兵は疲れきっている。そのまま戦いに持ちこんでは、数の差を埋めるどころか、あっさりと壊滅させられてしまう。

「……腰兵糧を使え」

亥《い》の刻《こく》（午後十時ごろ）、北条氏康は兵たちに持たせている乾《ほ》し飯《いい》を嚙ませ、戦の用意に入った。

「よし、無礼にも我らが領国へ踏みこんだ輩《やから》に目にもの見せてやろうぞ」

北条氏康が手にした太刀を振りあげて、兵たちを鼓舞した。

「突っこめえ」

「おおっ」

太刀を振り下ろした北条氏康に合わせて、兵たちが駆け出した。

夜襲は有効な手段ではあるが、三千ほどの城兵で万をこえる包囲軍に仕掛けるのはまずい。一時的な勝利は得られても、確実に味方の兵も減る。八万の敵の二千を削っても、こちらが五百を失えば、状況は悪化するだけである。いかに堅固な城でも兵が足りなければ、防備に穴が開く。軍事を知らない者でもわかっている。援軍もこない、夜襲はないとの安心が連合軍を支配していた。

「なんだっ」

「どこの陣だ、騒いでいるのは」

見張りの兵を残して眠りこけていた連合軍の陣は、わからない状況に混乱した。

「来たか」

長野業政が飛び起きた。

「殿」

上泉信綱もすぐに駆けつけた。

「武田め。やはり裏切ったか。今更ながら、殿に強く申しあげておくべきであったわ」

「なにとぞ、先陣を仕《つかまつ》りたく」

歯がみをする長野業政に上泉信綱が申し出た。

「単騎は許さぬ」

兵法家はどうしても己の力を頼みにしすぎる。名のある武将が一騎駆けで突出し、敵中に孤立、名もなき足軽に首を獲《と》られた例は多い。

長野業政が警告した。

「ですが、ご長男さまが」

上泉信綱が長野業政の長男吉業の身を案じた。

「あれももう十六歳じゃ。初陣《ういじん》もすませてある。恥ずかしいまねはするまい」

長野業政が小さく笑った。

「武士はいつ死ぬかわからぬもの。ゆえに後世まで名を残したがる」

「殿……」

「頼む」

もう一度言った上泉信綱に長野業政が目を閉じた。

「かならずや」

親としての一言を口にした長野業政に上泉信綱が強く首肯した。


北条氏康の狙いは当たった。

河越城を取り返したいと考えている扇ガ谷上杉家ではなく、まず山内上杉家へ討ってかかったことで、両者の戸惑いを引き出せた。

「どういうことだ」

河越城を見つめていた扇ガ谷上杉家は、思ってもみなかった山内上杉家の陣中で始まった混乱に気を奪われた。

「今ぞ。皆、討ち出せ」

そんな好機を戦の名人として名高い北条綱成が見逃すはずもない。

固く閉じていた城門を開いて、城兵すべてを扇ガ谷上杉家へと突っこませた。

「わあああ」

なにがどうなっているのかわからない扇ガ谷上杉家はわずか三千の兵に陣形を引き裂かれた。

「なぜ……」

対岸の火事とまでは言わないが、己たちが主役ではないと油断しきっていた山内上杉の陣営は、不意の攻撃に対応できなかった。

「扇ガ谷が裏切ったぞ」

「北条と手を組んで、山内上杉を滅ぼすつもりだ」

策略は初代早雲以来、北条家の得意とするところである。

北条氏康は山内上杉家の狼狽《ろうばい》をより激しいものとすべく、流言を用いた。

「どうなっている」

上杉憲政は状況を把握できなかった。

「北条方の攻めがかりでございまする」

「馬鹿を申すな。北条は河越城から出られぬはずだ。誰《たれ》ぞ、扇ガ谷の陣中を見て参れ。寝返りという声が聞こえる」

「いかがいたしましょう」

「陣形を整えよ。本陣を守れ」

扇ガ谷上杉を信じきれなかった山内上杉家の本陣の錯乱はより激しいものへとなっていった。

「くたばれ」

「死ねえ」

疲れてはいるが戦う気でいた北条と、眠りこけていた山内上杉では、勝負にはならなかった。なにせ、山内上杉の将兵、そのほとんどは寝るために兜はおろか、鎧まで脱いでいたのだ。普段なら軽傷ですんだ一撃が致命傷になるだけではない、身を守るものがないという恐怖は将兵を浮き足立たせる。

そこに夜という目の利《き》かない現状が拍車をかける。勝っているのか、負けているのかはもちろん、隣にいるのが敵か、味方かさえはっきりしないのだ。

「死にたくない」

「嫌だあ」

まず徴兵された百姓からなる足軽が槍を捨てて逃げ出した。

「負けた」

恐怖はたちまち伝播《でんぱ》する。なんとか足を止《とど》めていた者たちも逃げ出す者につられて、背を向け始めた。

「戻れ、戻れ。敵は少数だ。まとまってかかれば、負けはせぬ」

将のなかには戦慣れした者もいる。が、とても流れを止められるものではなかった。

山内上杉家の外縁が崩壊した。

「斬《き》り取り放題じゃ」

北条の将兵は鎧もなく、槍も捨てて逃げ出す山内上杉の兵をおもしろいように倒していく。

陣形に入ったひびは拡《ひろ》がった。

「敵は北条でございまする。三《み》つ鱗《うろこ》の旗をしかと認めましてございまする」

「北条だと。どこから来た。ええい、扇ガ谷と公方さまに援軍を頼め」

「扇ガ谷上杉家の陣中にも北条の兵が喰いついておりまする」

上杉憲政の指示を家臣が無理だと否定した。

「退くぞ。こんなところで扇ガ谷のために命を落とせるか」

あっさりと上杉憲政が抗戦をあきらめた。

「馬を引け」

上杉憲政の差配で、ただちに本陣が畳まれた。

「続け」

馬廻《うままわ》りを供に、上杉憲政が踵《きびす》を返した。

「あそこに大将がおるぞ」

すでに山内上杉家の陣深くまで入りこんでいた北条の兵が、竹に雀の紋に気づいた。

「手柄首じゃ」

「逃すでないぞ」

北条の兵が上杉憲政へと群がってきた。

「殿」

小姓として側に付き従っていた長野吉業が上杉憲政のもとへ近づいた。

「ここは、わたくしめが」

「任せたぞ」

ときを稼ぐと言った長野吉業に上杉憲政が一瞥《いちべつ》をくれて、去っていった。

「ご一緒いたそう」

「同様でござる」

馬廻りの数名も長野吉業とともに残った。

「よしなに」

長野吉業が馬廻りの衆に頭を垂れた。

「ここから先へは行かせぬ」

槍を長野吉業がしごいた。

命からがら逃げてきた上杉憲政の兵たちが、上泉信綱の足を引っ張った。

「道をあけよ。上泉武蔵守である。関東管領さまをお守りに行く途中じゃ」

「ひいいい」

上泉信綱の怒鳴り声も逃げる足軽たちにとっては怖ろしいものでしかなく、より錯乱を招くだけであった。

「ええい、面倒な」

苛立《いらだ》つ上泉信綱だったが、味方に槍を振るうわけにもいかない。どころか長い槍は、混雑のなかにおいて邪魔でしかなかった。

「やむなし」

上泉信綱は槍を捨てた。

「帰っておれ」

馬も流れに逆らうとなれば、思うように操れない。上泉信綱は愛馬から降りた。

「走るぞ」

家臣たちに声をかけて、上泉信綱が走り出した。

「お待ちを」

「……疾《はや》いっ」

急いで家臣たちが後を追うが、上泉信綱の背中はたちまち逃《に》げ惑《まど》う兵たちのなかに消えた。

槍と馬を捨てたことで身軽になった上泉信綱は、まもなく長野吉業たちのもとへとたどり着いた。

「若殿」

「……師、お出《い》でくださったか」

すでに仲間を失い、一人で北条兵を押し止めていた長野吉業が振り向いた。

「ご覧あれ。師のお教えどおり、一撃で仕留めましてござる」

己の血か、敵のものか、血まみれになった長野吉業の周りには北条方の将兵が折り重なっていた。

「お怪我《けが》を」

長野吉業の背中に、大きな刀傷があるのを上泉信綱は見つけた。

「鎧を身につけておけば、このような……油断でござった。お叱りを受けま……」

悔しそうに述べた長野吉業がふらついた。

「若殿」

地に伏せた長野吉業に上泉信綱が駆け寄った。

「今だ、あやつを討ち果たせ」

遠巻きに長野吉業を取り囲んでいた北条兵たちが、いっせいに跳びかかろうとした。

「させぬわ」

上泉信綱が太刀を抜き放って、北条兵たちのなかへと躍《おど》りこんだ。前方は敵ばかりである。同士討ちを懸念しなくていい。

「ぎゃっ」

「ぐう」

たちまち北条兵たちの苦鳴《くめい》があがり、血しぶきが噴いた。

「こやつも手強《てごわ》いぞ」

北条兵たちがふたたび遠巻きになった。

「竹に雀が逃げるぞ」

遠ざかっていく上杉憲政の旗印に、北条兵たちが焦《あせ》った。

「迂回《うかい》じゃ。小物ごときに手を取られているわけにはいかぬ」

北条の将が、上泉信綱を避けて上杉憲政を追うと指示した。

「何人かで足留めをせよ」

将の命で、上泉信綱に十近い槍が向けられた。

「ちっ」

槍と刀では、間合いが違いすぎる。

上泉信綱が舌打ちをした。

槍と戦うならば、その間合いに入って穂先の下、柄の部分を斬り飛ばし、ただの棒に変えてしまうか、より深く踏みこんで槍の取り回しを邪魔するかしかない。しかし、今、上泉信綱は主君の長男長野吉業を背中にかばっている。傷つき、出血で気を失っている長野吉業を置いて、これ以上突っこむことはできなかった。

「むうう」

このままでは北条兵を後ろにやってしまう。上泉信綱が歯がみをした。

「ともに死すべきか」

長野吉業を救えず、後ろに敵を行かせたとあっては、上泉信綱の武名は地に落ちる。

上泉信綱が死を覚悟して、最後の抵抗をしようとした。

阿鼻叫喚《あびきょうかん》の戦場に、甲高い鉦《かね》の音が響いた。

「退き鉦じゃ」

残してきた多目元忠の合図だと北条氏康が気づいた。

「勢いに乗りすぎたか」

勝ちの興奮で深入りしすぎていると多目元忠が報《しら》せてきたのだ。

「ここで十分ぞ。河越城へ入る」

北条氏康が兵をまとめて退いていった。

「あれが北条相模守……」

勝ち鬨《かちどき》をあげながら去っていく北条氏康を上泉信綱は睨《にら》みつけた。

「……………」

追いかけて斬りかかりたいという欲望を上泉信綱は必死で抑えた。

もし、上泉信綱が北条氏康の首を討ったならば、この戦は山内上杉家の勝ちとなる。どれほど敵兵を討ち果たしても、大将を失えば負けになった。

だが、上泉信綱の後ろには虫の息ながらまだ生きている長野吉業がいる。上泉信綱は長野吉業を主君のもとへ連れて帰る役目があった。

「無念なり」

上泉信綱が天を仰いだ。

河越城を巡っての攻防は、夜が明ける前に北条の勝ちで終わった。山内上杉家は三千近い将兵を失うという大敗を喫した。

また、北条綱成の攻撃で当主朝定が討ち死にするなど、甚大な被害を受けた扇ガ谷上杉家は、立ち直ることもできず、滅んだ。

「……見事であったぞ」

長野家の陣に帰るまで命を長らえた吉業だったが、そのまま息を引き取った。

死をかけて主君上杉憲政を逃した長男を長野業政は褒《ほ》めた。

「よくしてのけてくれた。おかげで息子の首を獲られずにすんだ」

首を獲られるというのは、武士にとって恥である。息子吉業の名誉を守ってくれた上泉信綱に長野業政が感謝した。

「申しわけもございませぬ」

あと少し早く着けばと後悔する上泉信綱に長野業政が首を左右に振った。

「人はかならず死なねばならぬ。その死に様こそ肝心であり、若いか若くないかはかかわりない。吉業は主君を救った忠義者よと長く讃《たた》えられるであろう。百まで生きても名を残さねば、死したその日に忘れ去られる。それと比せば、吉業は幸せ者よ」

「名は残る……」

上泉信綱が繰り返した。

「……これでますます山内上杉家は窮迫《きゅうはく》しようぞ。数の少ない北条に散々打ち破られたとあっては、国人どもも見限ろう。これより北条と武田、その両方から攻められることになる」

長野業政が息子の死をすんだこととして、話を始めた。

「なれど、そうそう思うがままにはさせぬ。目にもの見せてくれるわ、武田め」

今回の敗戦が武田晴信の策略だと知っている長野業政が憎々しげに顔をゆがめた。

「死すとも山内上杉家を守護する。それが長野家の役目じゃ。これからも頼むぞ、武蔵守」

「…………」

主君の決意に上泉信綱が無言で頭を下げた。

第二章　滅びと守り

一

坂道を登るは難く、下るは易《やす》い。

ましてや、転がり落ちるとなれば、より早い。

天文《てんぶん》十五年（一五四六）、台頭著しい後北条《ごほうじょう》氏の上野《こうずけ》侵出を抑えるためにと、大連合を組んだ扇ガ谷上杉《おうぎがやつうえすぎ》家朝定《ともさだ》と山内《やまのうち》上杉家憲政《のりまさ》、古河《こが》公方足利晴氏《くぼうあしかがはるうじ》の擁した八万の大軍は、わずか六千の北条氏康《うじやす》によって蹴散《けち》らされ、奪われた居城河越《かわごえ》城を取り返そうとした上杉朝定は、討ち死にした。

足利晴氏はさっさと逃げ出し、上杉憲政も本陣を危うく破られかけたが家臣長野吉業《ながのよしなり》らの奮戦でなんとか生き延びた。

これで上野の勢力図は大きく塗り変わった。

当主を失った扇ガ谷上杉家は滅亡、与《くみ》していた国人《こくじん》領主たちは、その領地がどちらに近いかで北条、武田《たけだ》へと旗を変えた。

「まずいの」

上杉憲政が本拠平井城《ひらい》へ逃げこんだとき、付き従う者は少なく、引きあげる味方を受け入れるため、開かれた城門は虚《むな》しい。

「近江守《おうみのかみ》も死んだか」

御座の間に腰を落とした上杉憲政が、悄然《しょうぜん》と口にした。

近江守とは本間《ほんま》近江守のことである。一時は上杉家を離れ、北条に仕えていたが、近年戻ってきていた。剛勇で知られた槍遣《やりつか》いであったが、上杉憲政を逃がすために、勢いに乗る北条軍へ突撃し、討ち死にしていた。

「信濃守《しなののかみ》、そなたの嫡男《ちゃくなん》、右京《うきょう》はいかがした」

ふと上杉憲政が御座の間の下段に控えている長野信濃守業政《なりまさ》に問うた。

「…………」

一瞬長野業政が目を見開いた。

「……ご奉公を終えましてございまする」

「そうか、右京も死んだか。いくつであった」

「十六歳でございました」

長野業政が俯《うつむ》くようにして答えた。

「若いの」

上杉憲政がため息を吐《つ》いた。

「ご注進申しあげまする。本庄左衛門《ほんじょうさえもん》さま、ご帰還。手傷を負われておりまする」

そこへ小姓《こしょう》が報告にきた。

「左衛門が戻ったか。傷はいかがじゃ」

上杉憲政が勢いこんで問うた。

「軽いとのことでございまする」

「これへ、呼べ」

「はっ」

指図を受けた小姓が下がった。

「生きておった。ああ……」

小姓が去った後、上杉憲政が喜びの嘆声をあげた。

「…………」

その様子を長野業政が無言で見ていた。

「お館《やかた》さま、立ち返りましてございまする」

御座の間前の廊下に、老齢に差しかかった武士が片膝《かたひざ》を突いた。

「おう、おう、よくぞ、生きておった。余の身代わりとなって、北条のものどものなかへ討ち入ったときは、今生《こんじょう》の別れかと思うたぞ」

上杉憲政が声をかけた。

「命冥加《いのちみょうが》にも助かりましてございまする。北条の雑兵《ぞうひょう》どもを代わりに、地獄へ追い落として参りましたが」

「豪儀なことを申すの」

歯を見せた本庄左衛門に、上杉憲政が膝を叩《たた》いて褒《ほ》めた。

「ですが、藤三郎《とうさぶろう》が……若い者を先に逝《い》かせてしまいましてございまする」

本庄左衛門が無念そうな顔をした。

「藤三郎とは、そちの縁者か」

「はい、甥《おい》でございまする。わたくしめよりも前に出て、北条の者どもを薙《な》ぎ払《はら》っておりましたが、疲れたところに槍を受けましてございまする」

「さようか。手柄を立てたというに残念である」

本庄左衛門の悔しそうな顔に、上杉憲政も合わせ寂しそうな表情をした。

「その藤三郎に子はおるのか」

「はい。まだ元服もいたしておりませぬが、松寿丸《しょうじゅまる》と申す息子が一人」

上杉憲政の問いに、本庄左衛門が告げた。

「男子《おのこ》とあれば、きっと父藤三郎と同じく、余のために働くことであろう。いずれ、報いてやる」

「かたじけなき仰せ」

本庄左衛門が感激した。

主君が働かせてやる、そして報いると言ったのだ。松寿丸を山内上杉家が士分として取り立てることが決まった。

「そちの働きぶりを聞かせよ」

「わたくしは……」

「…………」

上杉憲政と本庄左衛門との会話が弾むなか、長野業政は静かにその場を立ち去った。

「殿」

平井城の表御殿、武者溜《だ》まり代わりに用意された大広間へ姿を見せた長野業政を、控えていた上《かみ》泉《いずみ》武蔵守《むさしのかみ》信綱《のぶつな》が素早く見つけた。

「武蔵守、どうじゃ」

歩み寄ってくる上泉信綱に、長野業政が周囲を見回しながら問うた。

「よろしくありませぬ」

上泉信綱が首を横に振った。

「やはりの……どれくらいじゃ」

「二千、いえ、三千は失ったかと」

「当家はどうだ」

山内上杉家の損害を答えた上泉信綱に、長野業政が問い直した。

「……討ち死には二十いるかどうかでございましょう」

少し考えて、上泉信綱が述べた。

「右京の供どもか」

「はい」

確認した長野業政に上泉信綱が首肯《しゅこう》した。

「若い者ばかりだの」

「…………」

長野業政の慨嘆《がいたん》に上泉信綱が無言で同意した。

山内上杉家に従っている長野家は、その忠誠の証《あかし》として嫡男を上杉憲政の側近《そば》くに預けていた。当たり前のことだが、上野国に知られた長野家の嫡男を一人で出すわけにはいかず、家中の若い者たちを付けている。それら全員が、長野吉業とともに死んでいた。

「我が陣の損害はほとんどなかったようじゃな」

「はい。退《ひ》くときに転んだ者がおるていどで、死人《しびと》はおらぬようでございまする」

上泉信綱がうなずいた。

河越城攻めで、長野家は先陣ではなく、後詰めに近い位置にあった。これは、連合を組んだとはいえ、かつての居城を取り戻す戦いで、他家に活躍されては肩身が狭くなってしまうと考えた扇ガ谷上杉家が、城近くに陣取り、それ以外の山内上杉家や古河公方足利家の軍勢を後ろに置いたからであり、おかげで無残な敗戦ではあったが、長野家はほとんど無傷ですんでいた。

「逃げた者は」

「百をこえたかと」

「なんとも多い」

長野業政が苦い顔をした。

戦《いくさ》は武士だけでおこなうものではない。もっとも数の多い足軽は領内の百姓を徴用し、そこに手柄を立てて召し抱えてもらいたい牢人《ろうにん》たちが加わる。

足軽も牢人も長野家に忠誠を抱いてはいない。そもそも百姓は土地に付く者であり、長野家がなくなっても、先祖伝来の田畑があればそのまま新たな領主に従う。

また牢人も勝ち戦だからこそ、手柄も立てられ、戦後の褒賞《ほうしょう》も得られる。負け戦に従って死んでしまえば、それまでなのだ。

当然、足軽と牢人は、駄目だとわかった途端に逃げる。これはどの大名家でも起こることであった。

「国人たちはどうだ」

もう一つ長野業政が尋ねた。

「今のところ、北条へ寝返った者はおりませぬ」

「まあ、そうだの。我が領地は北条と境を接しておらぬ。今、寝返っては、儂《わし》を敵に回すことになる」

上泉信綱の返答に、長野業政が苦笑した。

「しかし、酷《ひど》いものよな」

もう一度武者溜まりを見回した長野業政が大きく息を吐いた。

武者溜まりには傷を負った者、負け戦に打ちひしがれた者が雑然と座っており、士気は底辺まで落ちている。

もし、今、北条が平井城へ攻め寄せたならば、とても抵抗できるとは思えなかった。

「武蔵守よ、少し付き合え」

長野業政が、上泉信綱を誘った。

「はっ」

先を行く長野業政に、上泉信綱が従った。

「……ここらでよいか」

かがり火さえも十分に届かない、表御殿外の片隅で長野業政が足を止めた。

「ほんの少し前に、誓った言葉を捨てたくなったわ」

長野業政が頬《ほお》をゆがめた。

「山内上杉家を守護すると言われたことでございましょうか」

上泉信綱が確認した。

「…………」

無言で、長野業政が認めた。

「なにがございましたか。お伺いいたしたく」

「……というわけじゃ」

迫る上泉信綱に長野業政が先ほどのことを語った。

「なんという心ないまねを」

聞き終わった上泉信綱が唖然《あぜん》とした。

「今少し、覇気のあるお方だと思っておったのだがな。古河公方さまから山内上杉家へ養子に来られた先代を追い出して、当主となられたというに……人の本心は、追い詰められたときに出ると言うのは、まことであったわ。なんのために息子を死なせたのだ」

長野業政が力なく笑った。

「そう言えば、本庄左衛門とは聞かぬ名でございますが、どのような者でございまするや」

「知らぬかの。児玉《こだま》党の生き残りよ」

「児玉党といえば、武蔵国七党の第一と言われた、あの」

「いかにも」

長野業政が首を縦に振った。

鎌倉のころから武蔵国の北部に勢力を張った武士の一党が児玉党であった。児玉党は最初、本家である児玉家が率いていたが、栄枯盛衰の結果、分家筋の本庄氏が最大の勢力を誇り、関東管領《かんれい》上杉に属していた。

本庄左衛門は、その末裔《まつえい》で武蔵国児玉郡北堀《きたぼり》に館を築き、山内上杉家から千貫文《かんもん》の知行を給されていた。

「しかし、なぜそこまで気を遣《つか》われたのでござろう」

上泉信綱には上杉憲政の考えていることがわからなかった。

「領地がどこにあるかを考えてみればわかろう」

長野業政が、上泉信綱に示唆《しさ》した。

「……領地。児玉党は武蔵の北部に根を張る……」

少し考えた上泉信綱が、長野業政の顔を見た。

「そうよ。河越城を守り抜き、奪還を狙う扇ガ谷上杉家を滅ぼし、周辺の国人たちも手中に収めた。その北条は次にどこを狙うか。この度の戦で敵対した山内上杉家の本拠である上野国。そのとき、本庄は盾になる。もし、本庄が北条へ寝返れば、防ぐものすらなく、北条は上野へ侵入、ここ平井の城を囲むだろう」

「ご機嫌取り……」

「だの」

上泉信綱のあきれに、長野業政が同意した。

「たしかに、本庄左衛門を山内上杉家に繋《つな》ぎ止めておくことは重要である。しかし、もう少し右京への気遣《きづか》いがあっても……」

長野業政が歯がみをした。

「……殿」

上泉信綱も唇を噛んだ。

「すまぬ。見せても聞かせてもならぬことではあったが、そなたにだけじゃ。許せよ」

長野業政が上泉信綱に詫《わ》びを言った。

「いえ、ご心中をお察し申しあげまする」

主君の信頼を受けたからこその愚痴だと、上泉信綱はわかっていた。

跡継ぎを失った戦国武将として、いや親としての辛《つら》さを長野業政が、己だけに吐き出してくれたことに、上泉信綱は感じ入っていた。

「さて、我らも城へ戻ろう。いつまでも留守にしていては、武田の手が伸びかねぬ」

上杉憲政が北条氏康から狙《ねら》われているのと同時に、長野業政も武田晴信《はるのぶ》から狙われていた。

二

武蔵の支配を北条に譲った武田晴信は、信濃と上野を吾《わ》がものとすべく動いていた。

「我らに味方すれば、本領安堵《あんど》のうえ、相応の褒美《ほうび》を遣わす」

武田晴信は、甲斐《かい》に近い西上野の諸将、国人に誘いをかけてきている。

「長野は山内上杉家譜代の臣でござる」

西上野の諸将を取りまとめている長野業政は、何度も誘いをかけてくる武田晴信へ手厳しい拒絶をしていた。

「武田の勢い、侮《あなど》るべからず」

長野業政は、武田晴信の策をよく知っている。少しずつ、寝返る者を作り、そこから傷口を拡《ひろ》げ、機を見て一気に攻めてくる。

軍勢を動かしているとか、軍備を始めたとかを待って対応をと油断していれば、間に合わなくなる。

「娘をもらってくれ」

十二人もいた娘を長野業政は、周辺の有力な国人たちのもとへ嫁がせ、西上野を一つの血族とした。

血族といったところで、山内上杉家、扇ガ谷上杉家を見てもわかるように、どちらが関東管領となるかで相争い、持っていた勢力を減じて、北条氏の台頭を許すといった失態はいくつもある。

それでもなにもないよりはましであった。

また、嫁がせた娘には、わずかながら女中や家臣を付けられる。こういった者たちが、嫁ぎ先の内情を探り、なにかあれば長野業政のもとへ報《しら》せてくる。

「武田からの使者が来ていた」

「兵糧《ひょうろう》を集め出している」

こういった報告があれば、

「いつの間に、武田に寝返ったか」

戦が始まって、おたつくことはなくなる。

また、西上野の諸将も、武田家の怖《おそ》ろしさをよく知っていた。

「甲斐は貧しい。戦わねば喰《く》えぬ」

その国土のほとんどを山に覆われた甲斐は、田畑が乏しい。金山などがあり、収入はそれなりにあるが、食いものが足りない。

金で買えばいいといったところで、隣国の勢力が減衰することを喜んでも、盛りあがることを望んでいる者はいない。甲斐が米を欲しがっても、売らないか、売っても法外な値段になる。

「ならば、自力で奪うまで」

喰わねば人は死ぬ。飢えるくらいならば、戦って死んだほうがまし。甲斐の武田が強いのは、いつも後がない戦いをするからであった。

つまり、負けたから勢力が戻るまでおとなしくしているということが、武田にはなかった。

信濃へ手出しをして、手痛い敗北を何度しても懲《こ》りない。

さらに、武田は降伏した者に容赦《ようしゃ》がない。信州《しんしゅう》諏訪《すわ》を攻めた武田に、抵抗虚しく敗退、和睦《わぼく》を求めた諏訪頼重《すわよりしげ》とその弟を甲府《こうふ》へ連行、自害を命じ、諏訪本家の血を絶やした。

「武田に尽くしても未来《さき》はない」

長野業政の影響を受けている西上野の諸将は、同じ思いを持っていた。

箕輪《みのわ》城へ戻った長野業政のもとに武田晴信が動いたとの報が飛びこんできた。

「武田軍二万をもって、佐久《さく》へ出兵」

「どこへだ」

長野業政が顔色を変えた。

河越での大敗から、まだ一カ月も経《た》っていない。山内上杉家が万をこえる軍勢を他国へ出すとなれば、準備だけで数カ月はかかる。

「内山《うちやま》城かと思われまする」

伝令が告げた。

「大井左衛門督《おおいさえもんのかみ》どのか、目標は」

長野業政が唸《うな》った。

「ただちにお館さまへお報せせねば」

どのように対応するにしても、まずは第一報を入れるべきである。長野業政が書状を急いで書き上げ、上杉憲政へと使者を向かわせた。

信州佐久郡は、碓氷峠《うすいとうげ》を挟んで西上野と隣り合っている。佐久の動向は、上野にも大きな影響を及ぼす。

「武蔵守」

長野業政が、上泉信綱を呼び出した。

「急ぎ、お館さまのもとへ向かう。供をいたせ」

「承知仕《つかまつ》りましてございまする」

上泉信綱が首肯して、旅立ちの用意をした。

河越城攻めで大敗北を喫した山内上杉家の威勢は傾いている。西上野から南上野にある平井城までの間も、かつてに比べて治安が悪くなっていた。

かといって数百もの護衛を伴っては、城を手薄にするだけでなく、なにかあったと周囲にも報せることにもなる。

下手をすれば、軽挙妄動《けいきょもうどう》する者が出て、それに付和雷同する者まで現れかねない。そうなれば、西上野の状況は一気に不穏になる。

長野業政は少数精鋭での移動を上泉信綱に指示した。


佐久郡での出来事を報告するだけでは足りないと、長野業政は考えていた。

「お館さまが無茶をなさらねばよいが」

馬を駆けさせながら、長野業政が難しい顔をした。

「無茶をなさると」

「うむ。お館さまは、今、脅えておられる。なにせ一時とはいえ、山内上杉を凌駕《りょうが》した扇ガ谷上杉家が滅んだのだ。そのぶん、山内上杉家の勢力が増えたのならばまだしも、先日の敗退で減っているありさまではな。ご不安なのだろう」

「それだけ北条が力を付けてきた」

「うむ」

上泉信綱の言葉に、長野業政がうなずいた。

「世は長く続いた乱世じゃ。隣国の栄えは、大いなる脅威となる。今や北条は、山内上杉家をこえた力を持っておる。なによりも北条が武田と手を組んだのが……の」

長野業政が苦く頬をゆがめた。

武田は喰うために領土を拡げてきた。そのなかでも山に囲まれ、塩を買うしかない甲斐としては、なんとしても海が欲しい。

となれば、甲斐と接している相模《さがみ》か、駿河《するが》を狙うしかない。しかし、駿河の今川《いまがわ》氏とは、婚姻《こんいん》関係も有り、同盟を結んでいる。

結果、長年にわたって武田は北条の領土である相模を虎視眈々《こしたんたん》と狙い、両家の仲は悪かった。

もちろん、山内上杉家も扇ガ谷上杉家も武田家とは同盟を結び、駿河の今川家を合わせて、これらすべての国々は、急成長する北条家を警戒していた。

だからこそ、扇ガ谷上杉朝定は、北条氏に奪われた河越城を奪還すべく動き、山内上杉家、古河公方足利家もそれに与した。

いかに北条でも、四面楚歌《しめんそか》では身動きが取れず、河越城へ援軍は出せない。勝利はまちがいないと考えた。

それが河越城攻めにときをかけさせてしまった。

誰でもそうだが、力押しで勝ってもその損害が大きければ、後々に影響が出る。北条があればこそ、山内上杉家と扇ガ谷上杉家は手を組めた。だが、北条の勢力が弱まれば、またぞろ関東管領の座を争って戦い始めることになる。そのとき、味方が北条攻めで被害を受けていたら、容易に攻められる。上杉朝定はそう考え、上杉憲政は他家のために傷を負いたくないと河越城の降伏を期し、奪還のための戦いを避けた。

「だらだらと年を越える情けなさ、それが武田晴信をあきれさせたのだろう。戦う気のない者と手を繋ぐより、覇気ある者と組んで古き勢力を一蹴《いっしゅう》する。武田晴信の心変わりを責められぬ」

長野業政がため息を吐いた。

「お館さまもそれを」

「おわかりであろう。人心を読むのはお得意ではないが、愚かなお方ではない。だからこそ、脅えておられる。扇ガ谷上杉家の次は、己だとな」

確かめた上泉信綱に、長野業政が告げた。

「人は脅えたときほど、動こうとする。獣ならば、傷が治るまで、じっと巣穴に籠《こ》もって我慢するが、人はそれができぬ。恐怖という感情が、動かないという選択肢を奪い、足掻《あが》こうとさせる」

「たしかに」

上泉信綱が納得した。

松本備前守《まつもとびぜんのかみ》のもとで兵法を修行したとき、まず最初に命じられるのが、目を閉じるなということであった。

「見ておれ」

そう言って松本備前守は、上泉信綱の頭上へ真剣を振り落としてくる。

「……つっ」

矜持《きょうじ》でその場を動かずに耐えた上泉信綱だったが、目は閉じてしまった。

「見えぬ敵にどうして勝つか。しっかりと眼《まなこ》を開けい」

松本備前守の罵声《ばせい》が飛ぶ。

「おう」

「うっ……」

繰り返すとやがて目は閉じなくなる。

「死ねやっ」

そうなると今度は、殺気が切っ先に籠められる。

「……ああ」

途端に修練は吹っ飛び、ふたたび恐怖で目を閉じる。

「よかろう」

松本備前守を前にして、瞬《まばた》きをしなくなるのに、上泉信綱は半年かかっていた。

「恐怖はいい。なんとか乗りこえられるからの。相手より、己が強いと思えば、恐怖は消える」

小さく長野業政が一度間を空けた。

「……問題なのは、矜持じゃ」

「誇りでございまするか」

上泉信綱が言い換えた。

「そうよ。お館さまは関東管領じゃ。いわば、坂東《ばんどう》武者の代表でもある。その関東管領が、昨日今日興《おこ》ったような北条という新参者に負けた。これがまずい。勝利はときの運、負けるときもあるのが戦だといっても、関東管領がどこの馬の骨かもわからぬ輩《やから》に追い払われた。お館さまの面目は丸潰《まるつぶ》れじゃ。配下の者どもも、表向きはお館さまと立てておるが、裏へ回ればなにを申しておるやら」

長野業政がため息を吐いた。

「そういったものは気づくであろう」

「裏で嘲笑《ちょうしょう》されているということでございますな。ならば、簡単に」

問われた上泉信綱が首を縦に振った。

「皆の忠誠が薄れていく。それに気づいたとき、どうすればいいかと考えよう」

「はい」

「答えはただ一つ。勝つしかない。戦に勝って、山内上杉家ここにありと示す」

長野業政が述べた。

「辛抱できぬうえに、名誉回復を考える」

「そうじゃ。まちがいなくお館さまは動く。それを止めねばならぬ」

上泉信綱の話に、長野業政が同意した。

「いずれはせねばならぬことだ。いつまでも負けたままでは、山内上杉家は見限られる」

長野業政が言った。

大名というのは、一人で成り立っているものではない。多くの家臣たちと、庇護《ひご》を求める代わりに軍役を負担する与力《よりき》の国人によって支えられている。

戦国では寄らば大樹の陰が、正しい。家臣も国人たちも寄り添う大名が強ければ安心であるが、弱ければ滅びていく。

そこには正義も、名門もなにもなかった。

三

「……殿」

上泉信綱が、長野業政を制した。

「いかがいたした」

長野業政が怪訝《けげん》そうな顔をしながらも、馬の手綱《たづな》を引いて止まった。

「胡乱《うろん》な者どもでござる」

上泉信綱が前方を示した。

「……あれは」

そちらに目をやった長野業政の眉《まゆ》がひそめられた。

街道を少し外れたところに、十名ほどの男たちがたむろしていた。向こうもこちらに気づいているようだが、立ちあがろうとも去ろうともしていない。

「陣場借り牢人どもだな」

「おそらくは」

長野業政の発言を上泉信綱が肯定した。

陣場借り牢人とは、主君を持たず、戦のときにどこかの大名のもとに駆けつけて参加する者のことだ。かつてどこかに仕えていたが放逐《ほうちく》されたり、田畑を失って百姓を抜けたりした者がほとんどで、性根の悪い者が多かった。

当たり前ながら、まともな武士であれば、少しでも戦力が欲しい戦国大名が放っておくことはない。もちろん陣場借り牢人も戦力となるので、受け入れるのがほとんどではあるが、不利になると逃げ出す、他人の手柄を奪う、死んでいる敵の首を切る、拾い首をするなど油断できない連中であった。

「この間の戦で扇ガ谷上杉家に与した者どもであろう」

長野業政が推察した。

「領内の村を襲う気か」

陣場借りは勝てば、幾ばくかの祝い金が出る。戦で目立つような働きをすれば、召し抱えてもらえる。しかし、負けたときは、何一つ補償がない。

なにももらえないのが腹立たしいと、逃げる味方を襲って落ち武者狩りに急変したり、村を襲うこともした。

長野業政が険《けわ》しい表情になった。

「いかがいたしましょう」

こちらのほうが多いし、一目で一廉《ひとかど》の武将とわかる。まず、襲ってくることはない。急いでいるならば、無視しても通ることはできた。

「いや、見過ごすわけにもいくまい」

「では、誰何《すいか》をいたして参りましょう」

首を横に振った長野業政に、上泉信綱が述べた。

「誰《たれ》か、あやつらに見つからぬよう、迂回《うかい》して付近の村を確かめて参れ」

長野業政が供に指図をした。

「調べるまでを任せる」

「承知いたしましてございまする」

時間を稼げと言った長野業政に、首を上下に振った上泉信綱が一人で前に出た。

「いかなる者どもであるか。ここは、長野信濃守さまのご領内であるぞ」

十間《けん》（約十八メートル）ほど離れたところで、上泉信綱が陣場借り牢人たちに声をかけた。

「これは信濃守さまのご家中のお方でございましたか。我らはふさわしき主《あるじ》を求めて、浪々《ろうろう》をいたしておる者でござる。信濃守さまといえば、山内上杉家にその人ありとうたわれた名将。是非とも我らを配下にお加えいただきたく存ずる。貴殿からもお口添えをいただけませぬか」

たむろしていた陣場借り牢人たちの一人が立ちあがって、口上を述べた。

「家中に加わりたいと申すか。ならば、それにふさわしい功があろうな」

一言のもとに拒まず、上泉信綱が陣場借り牢人に問うた。

「おおっ。聞いてくださるか。かたじけないことでござる」

立ちあがっていた陣場借り牢人が喜んだ。

「拙者は田所甚内《たどころじんない》と申す者、生国《しょうごく》は安房《あわ》でござる。十五歳のときに腕一つで名をあげるべく、槍を供に国を出て、幾多の戦場を渡り歩いて参りました。とくに、天文八年（一五三九）の那須修理大夫《なすしゅりのだいぶ》さまの烏山《からすやま》城攻めでは、宇都宮下野守《うつのみやしもつけのかみ》さまの陣中にあって奮戦し、兜首《かぶとくび》を三つ獲りましてござる」

田所甚内と名乗った陣場借り牢人が胸を張った。

「兜首三つとは、見事なる手柄である。さぞや、下野守さまからお誘いがあったろう」

「たしかに、家中にとお言葉もございましたが、お断りをいたしましてござる」

「なぜじゃ」

上泉信綱が首をかしげた。

陣場借り牢人など、明日どうなるかわからなかった。家もなく、妻もなく、子もない。それこそ、病でも得たら死ぬしかないのだ。仕官の誘いを断るのは、不自然であった。

「親子の争いに、口を出す。下野守さまのなされように、いささか不審を抱きまして」

田所甚内が理由を口にした。

烏山城の攻防は、那須家の家督を巡っての親子の争いであった。父那須政資《まさすけ》が、家督を譲らなかったことに、反発した嫡男高資《たかすけ》が独立を企《たくら》んで家臣たちを抱きこんだことで起こった。

「なるほど、骨肉の争いをするような家では先が危ういと」

「そう、そうでござる」

言った上泉信綱に吾が意を得たりとばかりに、田所甚内が何度もうなずいた。

「他の御仁《ごじん》は、誇れるような手柄はござらぬのか」

一人だけでいいのかと、上泉信綱が首をかしげてみせた。

「お、お待ちあれ。拙者の話も」

「吾《われ》こそは、清和源氏《せいわげんじ》の末裔で……」

口々に陣場借り牢人たちが、話し出した。

「お一人ずつでお願いしたい。まず、そちらの大身《おおみ》の槍をお持ちのお方から」

収拾が付かないと上泉信綱が指名した。

「おう。拙者は奥州《おうしゅう》に生まれた伊熊権三郎《いぐまごんさぶろう》と申す。家督は兄が継いだゆえ、吾が腕一つで身を立てようと……」

伊熊権三郎と名乗った陣場借り牢人が滔々《とうとう》と経歴を語った。

「お次は、そこの……」

次々と指さして、上泉信綱が個別の自慢をさせた。

「……承ってござる」

全員にしゃべらせて、上泉信綱がときを費やした。

「武蔵守さま」

上泉信綱のもとへ、長野業政のもとから騎馬が一人来た。

「殿がお出《い》でになりまする」

騎馬武者が告げながら、目配せをした。

「さようか」

上泉信綱が小さくうなずいた。

「信濃守さまが、目通りをくださるそうだ。しばし、待たれよ」

「おおっ」

「夢か」

上泉信綱の言葉に、陣場借り牢人たちが歓声をあげた。

「……お出でである」

すっと上泉信綱が馬からおりた。

「ははあ」

陣場借り牢人たちが、平伏した。

「ご苦労であった。武蔵守」

長野業政が、上泉信綱をねぎらった。

「おかげで、周囲の状況が知れた」

「……えっ」

田所甚内が怪訝そうな声を漏らした。

「きさまら、村を襲ったであろう。確かめたぞ」

長野業政が陣場借り牢人たちを睨《にら》みつけた。

「そのような……」

伊熊権三郎が否定しようとした。

「しくじったわ。話がうますぎると思った」

田所甚内が伊熊権三郎を途中で遮《さえぎ》った。

「ばれたぞ、皆、やってしまえ」

まだ事態を吞みこんでいない仲間たちに、田所甚内が叫んだ。

「ちいい」

「くそうが」

陣場借り牢人たちがあわてて立ちあがって、腰の刀を抜いたり、手にしていた槍をかまえたりした。

「たわけどもが」

騎馬から下にいる者を狙うのは難しい。だからこそ、上泉信綱はわざと下馬していたのだ。

すっと歩を進めた上泉信綱が、抜く手も見せず太刀《たち》を振った。

「……かはっ」

最初に上泉信綱の間合いにいた田所甚内の首が飛んだ。陣場借りをするだけあって、兜は被《かぶ》っていなくとも牢人たちは胴丸を身につけていた。胸や腹での致命傷は難しい。さらに牢人ほど生きることに執着する。一撃で討たなければ、いろいろと面倒になるので、上泉信綱は、小さいうえに動きやすく斬りにくいが、血脈をはねるだけでも命を奪える首をあえて狙った。

「こいつ、強いぞ」

戦場渡りの陣場借り牢人だけに、人の生き死にで動揺などしなかった。

田所甚内の近くにいた牢人が槍を上泉信綱目がけて繰り出した。

「ふん」

すっと身体《からだ》を開いて、空を打たせ、右手で槍のけら首を上泉信綱が摑《つか》んだ。

「くっ、は、放せ」

槍を使った牢人が槍を引こうと暴れた。

「放してやる」

相手の引く力に合わせて、上泉信綱が槍を押した。

「おっと」

重心を崩された槍遣いの牢人がたたらを踏んだ。

「…………」

地を擦るような足運びで、上泉信綱が槍遣いの牢人に迫り、そのまま喉《のど》を突いた。

「くわあ」

みょうな断末魔をあげて、槍遣いの牢人が死んだ。

「皆もかかれ」

戦いが始まったのを見て、長野業政が手で合図をした。

「囲めえ」

騎馬武者たちが陣場借り牢人を逃がさないように拡がった。

「まずい」

状況は最初から不利であった。数の違いが牢人たちから抵抗する気力を奪った。

「わああ」
五、六人の牢人がばらけて逃げ出した。
「追え。領内に悪を蒔《ま》く者を残すな」

「はっ」

長野業政の指図に、騎馬武者たちが槍を抱えて走り出した。

「た、助けてくれ」

「こうなれば……」

人が馬に勝てるはずもなく、続々と逃げ出した牢人たちが、騎馬武者たちによって仕留められていった。

「おまえたちに気づいた段階で、甚内の言うことなど聞かずに、さっさと逃げていればよかったわ」

顔を真っ赤にした伊熊権三郎が、槍をしごいた。

「逃げ出せば、かえって追いかけられるとでも言われたか」

上泉信綱が太刀を肩に担ぐようにしながら、訊《き》いた。

「馬が相手では逃げきれぬとな。たしかに、そうだと思って従ったが、思い思いの方へ逃げていれば、一人や二人は助かったかもしれぬ」

「逃がさぬよ。領地を守れずして、なんの大名か」

悔やむ伊熊権三郎に、上泉信綱が宣した。

「ついてなかった。扇ガ谷上杉家ではなく、北条に陣場借りをしておれば、今ごろ槍一筋の武士であった……」

「長く飯を食えたのだ。それで辛抱しておけばよかったものを」

愚痴を言う伊熊権三郎に、上泉信綱があきれた。

陣場借り牢人が己の兵糧を持ちこむことはまずないため、戦力を欲しがる大名は乾《ほ》し飯《いい》と味噌《みそ》団子《だんご》くらいは支給する。落ち目になっていた扇ガ谷上杉家は、少しでも兵の数を整えたかったのか、陣場借り牢人にも朝晩の二回の飯をくれてやっていた。

「飯は食いだめがきかんだろうが」

上泉信綱の言いぶんに、伊熊権三郎が言い返した。

「だからといって、村を襲っていい理由にはならぬ」

「知るか。己が生きていくことこそ大事。他の者など糧《かて》でしかない」

伊熊権三郎が言い放った。

「ならば、きさまも吾が糧になるがいい」

上泉信綱が腰を落とした。

「槍に敵《かな》うと思うなよ」

素早く伊熊権三郎が槍を突き出しては戻しを繰り返し、上泉信綱を牽制《けんせい》した。

戦場で槍が使われるのは、間合いが刀より遠いというのと、鎧《よろい》を貫くには一点に力を集中できる穂先が有利だからであった。

「道具は遣い手の技量で価値が変わる」

上泉信綱がおまえでは槍をもってしても、吾に勝てないと言った。

「傲慢《ごうまん》なり」

伊熊権三郎が槍で薙いできた。

槍は柄の長さと穂先を合わせると一間半（約二・七メートル）ほどある。太刀の刃渡りである三尺（約九十センチメートル）では、とても届かない。

腰の高さで薙いでくるあたりに、伊熊権三郎の手練《てだれ》が出ていた。

薙ぎは、半円を描くようにして、広範囲に攻撃が及ぶため、横から襲いかかることができない。また、腰の高さというのは、屈《かが》んでやりすごすには低く、跳びあがってかわすには高い。

「…………」

上泉信綱が黙って、半歩下がり、穂先に空を切らせた。

「なんの」

続けて折り返すように、逆向きの薙ぎを伊熊権三郎が繰り出した。

「愚かなり」

一度見てしまえば、伊熊権三郎の槍がどこまで届くのか、どのていどの速さで通り過ぎていくのかがわかる。

　穂先の間合いを見切った上泉信綱が、動くことなくやりすごし、そのまま前へと踏み出した。

「それくらい、読んでいる」

　薙ぎを強引に止めて、伊熊権三郎が槍を手元に戻そうとした。

「くたばれっ」

　迫る上泉信綱に伊熊権三郎が槍を突き出した。

「ここっ」

　上泉信綱が、その穂先に太刀の腹を添えるようにして、滑らせた。

「馬鹿なっ……」

　伊熊権三郎が驚愕《きょうがく》した。

　滑った槍が流れていく、そこに上泉信綱が太刀を閃《ひらめ》かせた。

「あっ」

　槍が柄の半ばほどで断ち切られた。

「わああ」

　恐慌に陥った伊熊権三郎が残った柄を振り回したが、上泉信綱に届くほどの長さはなく、虚しく空中を掻《か》き回《まわ》すだけであった。

「ふっ」

息を抜くような気合いを発して、上泉信綱が伊熊権三郎の首の血脈を断った。

「見事なり武蔵守」

長野業政が上泉信綱を称賛した。

「しかし、なかなかの腕であったの。もう少しまともに生きていれば、仕官もできたであろうに」

血に染まって地に伏した伊熊権三郎を長野業政が惜しんだ。

四

平井城に着いた長野業政は、早速に上杉憲当《のりまさ》への目通りを望んだ。上杉憲政は河越城の戦いを終えてすぐに、諱《いみな》を変え憲当と名乗っていた。

「関東管領として、助けを求められたならば、応じるのが当然であろう」

慎重に対応すべきだと言った長野業政に、上杉憲当は強く宣した。

「それに佐久を奪われては、峠一つで武田と境を接することになる。今、ここで笠原新三郎《かさはらしんざぶろう》を助けることこそ、上野を守ることになる」

「ですが、当家はいまだ先日の戦いの傷が……」

「黙れ。そちには出陣を命じぬゆえに、口出し無用である」

なんとか思い止まらせようとした長野業政を上杉憲当が叱《しか》りつけた。

「居城にて控えておれ」

「お館さま……」

「真の危難を前に勇を振るえぬとは、そちも老いたの。右京が死んでしまったゆえにこれ以上は言わぬが、さっさと跡継ぎを作れ」

「………」

隠居しろと言わぬばかりのあしらいに、長野業政も黙るしかなかった。

「帰るぞ」

悄然とした長野業政に、上泉信綱は無言で従うしかなかった。


戦いは長野業政の予想したとおりになった。

上杉憲当からの援軍を得て、気を強くした笠原新三郎清繁《きよしげ》は、武田晴信に落とされた大井氏の内山城に攻撃を仕掛けた。しかし、待ち構えていた武田軍によってあしらわれ、居城志賀《しが》城へ逃げこみ、籠城《ろうじょう》をした。

「援軍を」

さらなる助勢を請うた笠原新三郎に上杉憲当は、くじ引きで選んだ西上野倉賀野《くらがの》城主倉賀野為広《ためひろ》に先鋒《せんぽう》を命じた。

だが、倉賀野為広は病弱なため、一門で城代を務めていた金井《かない》小源太《こげんた》秀景《ひでかげ》が代わって軍勢を率いて出陣することになった。

「陣代を承りましてござる」

金井秀景が、長野業政のもとに出陣の挨拶《あいさつ》に来た。

「……難しいぞ。この度の戦は、小源太どの」

「わかっておりまする」

長野業政の忠告に、金井秀景がうなずいた。

金井秀景は長野業政の七女の婿《むこ》であり、西上野を代表する倉賀野十六騎衆の筆頭とされる戦上手《じょうず》であった。

「地の利はなく、ときの利もない。人の和も内山城が落ち、大井氏が敵に降《くだ》っては厳しい」

「はい」

長野業政の嘆きに金井秀景も同意した。

「なれど、お館さまの命でございまする。行かざるを得ませぬ。拒めば、倉賀野は……」

最後まで言わず、金井秀景が首を横に振った。

倉賀野の当主為広の父行政《ゆきまさ》は、倉賀野衆の取りまとめにふさわしい勇猛な部将であったが、河越城の夜戦で討ち死にしていた。負け戦での討ち死には、事後の扱いがあまりよろしくなかった。それこそ主君を守って死んだとかであればまだしも、そうでなければ、負け戦の責任を押し被されたりする。とくに倉賀野衆を支配するような力ある配下は、当主にとって下克上《げこくじょう》の虞《おそれ》があるため、討ち死にを利用してその力を削《そ》ごうとすることもままあった。

「儂も隠居を言われたわ」

「信濃守さまを」

苦笑する長野業政に金井秀景が唖然とした。

「もう……」

「それ以上は言うな」

金井秀景が言いかけた言葉を長野業政が制した。

「生きて戻れ。それが倉賀野を守るただ一つの法である」

「心いたしまする」

長野業政の忠告に首肯して、金井秀景が出陣していった。

金井秀景が率いる上杉軍は一万に届こうかという大軍をもって、志賀城を取り囲む武田軍と対峙《たいじ》した。

天文十六年八月六日、志賀城の北、小田井原《おたいはら》で両軍は激突、金井秀景ら倉賀野十六騎衆の奮戦むなしく、上杉軍は敗退、三千の損害を出した。

幸い、金井秀景は無事に帰還できたが、倉賀野衆はその主力を失い、大きく力を落とすことになった。

「もはやこれまで」

援軍の壊滅を見て、志賀城に籠もる兵たちは落胆、十日に落城した。

「言わぬことではない。上杉は貴重な兵を失った。他国のことは切り捨て、まずは国を建て直し、北条、武田と対抗できるだけの力を蓄えるべきであったのだ」

長野業政が上杉憲当を非難した。

「家臣の分際で不遜《ふそん》なり」

悪口ほど耳に入る。長野業政が己を馬鹿にしているとの噂《うわさ》を聞いた上杉憲当が怒り、両者の間にさらなる深い溝ができた。

とはいえ、長野業政を咎《とが》めることはできなかった。長野業政の影響力は西上野のほとんどに及んでおり、いかに関東管領である上杉憲当でも手出しできなかった。

武田晴信との戦いに負けた。戦は、信濃国のなかであり、山内上杉家の領土は一寸も奪われていなかったが、関東管領として軍を出した上杉憲当の権威は大きく揺らいだ。

「好機なり」

武蔵の支配を狙っていた北条氏康が動いた。

国人領主たちを勧誘しながら、北条氏康は山内上杉家の武蔵における最後の拠点、御嶽《みたけ》城を攻めた。

御嶽城は金鑽《かなさな》神社の背後にある百丈《じょう》（約三百メートル）ほどの山頂に設けられた要害であったが、周囲の国人がすでに寝返っていたことや、上杉憲当の援軍が来なかったことなどで開城、城主安保泰広《あぼやすひろ》は北条に降伏した。

「甲斐なきよな」

御嶽城を取り返そうともせず、平井城に籠もったままの上杉憲当を武蔵の諸将は見限った。こうして、山内上杉家は武蔵を失った。

「長野は長野で動く」

武蔵のことを放置した長野業政は上杉憲当から相手にされなくなったのをよいことに、勢力を伸ばした。

武田晴信によって東信濃の真田《さなだ》氏、滋野《しげの》氏らが在地を追われ、国人たちが動揺した。そこに長野業政はつけこんだ。

「お立ち寄りあれ」

長野業政は領地を奪われて放浪していた真田の当主幸隆《ゆきたか》を箕輪に迎え、東信濃の状況を問うた。

「ご高名はかねがね」

真田幸隆は長野業政を通じて、上泉信綱とも面会した。

「武田晴信とはどのようなお方でござろう」

直接戦った真田幸隆に、上泉信綱は問うた。

「下準備を怠らぬ御仁でござった。武田が来ると気づいたときは、もう……」

真田幸隆が首を横に振った。

「情け容赦ないお方とも聞きまするが」

上泉信綱がさらに尋ねた。

「志賀城は酷かったようでございまするが、真田ではさほど。でなくば、わたくしは生きておりませぬ」

真田幸隆が首をかしげた。

小田井原の戦いの後、武田晴信は兵たちに褒美代わりの乱取りを許した。足軽や名も無き将は戦で勝っても、さほどのものをもらえない。ために勝った後は、相手方の財産を残らず奪い取る。これを乱取りというが、あまりやりすぎると、後々の治世に差《さ》し障《さわ》る。大名たちも適当なところで制限をかけるが、それを武田晴信は志賀城の戦いでは好き放題に許した。

喰えないから戦に出ている甲斐の兵たちは、喜んで城下の屋敷や村を襲い、金を奪い、財宝を手にし、女を犯した。さらに生きていた男女を奴隷《どれい》として甲斐に連れて帰り、売り払ったのだ。この有様が、武田の怖ろしさを近隣に思い知らせる結果となり、信濃での抵抗を激しくしていた。

「戦によって違うのか」

上泉信綱が怪訝な顔をした。

「どちらにせよ、警戒すべき相手でござる」

しばし逗留《とうりゅう》した真田幸隆は、やはり国は捨て難いと、箕輪城を去り、信州上田《うえだ》へと帰っていった。

「やるべきことをやるだけよ」

長野業政は真田氏と近い吾妻《あがつま》の国人、大戸《おおど》氏、羽尾《はねお》氏に手を伸ばし、勢力下に組み入れた。

そこに上杉憲当が武蔵の奪還をあきらめて平井城に籠もったとの話が聞こえてきた。

「情けなきよな。関東管領とは、名にしおう坂東武者の筆頭たるべきである。それが領地を奪われて、泣き寝入りとは」

長野業政が嘆いた。

「ともに戦うには値せず。嫡男の命で恩は返した。吾は関東管領上杉家の当主にふさわしき御仁を待つ」

そもそも武士は家に付く。長野家は山内上杉家の被官であるが、長野業政が上杉憲当に忠誠を感じるとは限らない。もちろん、人となりに感銘を受けて、個人に尽くす場合もあるが、ほとんどは代々の主家へ忠義を捧《ささ》げる。

「では、我らはどのように」

上杉憲当を見限ったと述べた長野業政に、上泉信綱が尋ねた。

戦国大名として独立する。それは天下統一まで見られる夢の始まりでもあり、敵中孤立して滅びる道の第一歩にもなる。

家臣といえども人であり、武将である限り、守らなければならない家臣と領民がいる。

あまりに無謀なまねをやり出すとあれば、諫言《かんげん》し、翻意しなければこちらから見捨てることも考えなければならない。

今後の不安を抱いた上泉信綱を始めとする部将たちが真剣な顔をした。

「従うべき関東管領が出てくるまで、長野は西上野を守ることに専念する。守るために攻めることはあれども、領土を欲して軍を起こすことはない」

長野業政が宣言した。

「あの長野までお館さまを見捨てた」

たちまち長野家の動向は上野に拡がり、上杉憲当を見限る者が続出した。

平井城でも側近たる馬廻《うままわ》りまでが離反して北条に通じ、ついに天文二十一年（一五五二）三月、上杉憲当は平井城を捨てて逃げ出した。

「おもしろいことになった」

山内上杉家が乱れたことを喜んだ武田晴信が、長野業政に誘いをかけてきた。

「上野の西半分を与える。武田に降れ」

武田晴信は志賀城での乱取りが祟《たた》り、東信濃攻略に大きな齟齬《そご》を招いていた。

佐久郡からさらに小県《ちいさがた》郡へと侵出しようとした武田晴信は、北信濃の大名村上義清《むらかみよしきよ》と合戦、大敗を喫した。志賀城で武田に奴隷として連れ去られた者たちの一族が村上方として参戦、恨《うら》みを晴らすとばかりに奮戦したのであった。

その後も武田晴信は、村上義清との戦いで敗北を続け、手痛い被害を蒙《こうむ》っていた。ために武田晴信は長野業政を取りこみ、南からだけでなく、東から村上義清に圧力をかけようとしたのだ。

「無道なる者に従わずが、長野家の家訓でござれば」

長野業政は武田晴信の勧誘を断った。

「おのれ、生意気な。その傲慢、後悔させてくれる」

怒った武田晴信が、上野への侵攻を決意した。

「いつでもこい。箕輪の構えは堅いぞ」

迎え撃つ準備はできていると長野業政が吠《ほ》えた。

「守るために戦う。武は守るためにある」

長野業政の考えを上泉信綱はあらためて呑《の》みこんだ。

第三章　滅亡と旅立ち

一

関東管領《かんれい》を務めた名門上杉《うえすぎ》家が、その足場を失った。

北条《ほうじょう》氏との戦いで本国武蔵《むさし》を失った上杉憲当《のりまさ》は、居城を捨てて越後《えちご》へ逃亡してしまった。

「東上野《ひがしこうずけ》、南上野も落ちたか」

箕輪《みのわ》城主長野信濃守業政《ながののしなののかみなりまさ》は、大きく嘆息した。

「関東管領が越後に逃げたのだ。無理もない」

長く北条氏、武田《たけだ》氏の侵攻に上野が耐えられたのは、関東管領という御旗《みはた》があったからであった。

武家はみな征夷大将軍《せいいたいしょうぐん》に従う者である。しかし、征夷大将軍たる足利《あしかが》本家は、京にあるため、あまりに遠い。そこで足利幕府は、関東以北を支配するため、鎌倉《かまくら》に府を設け、関東公方《くぼう》を置いた。その関東公方の補佐をするのが関東管領で、設立当初は高家《こうけ》の斯波《しば》家、畠山《はたけやま》家らも任じられたが、やがて上杉家の世襲となった。

上杉家は藤原北家勧修寺流《ふじわらほっけかじゅうじ》の流れを汲《く》む名門で、鎌倉幕府の初代宮将軍に従って京から鎌倉へ下向、そのまま武家へと転じた。一時は、越後、上野、伊豆《いず》、武蔵の守護職を兼ね、隆盛を極めたが、乱世になると北条氏、長尾《ながお》氏らによって所領を奪われ、衰退した。

それでも関東管領は大義名分になった。

「北条を討て」

上杉憲当が総大将となれば、それなりの軍勢は集まる。だからこそ、北条、武田に抗してこられた。

しかし、その上杉憲当が手痛い敗戦を受けてなにもかも放り出し、越後に逃げた。

「関東管領の職と上杉の名跡《みょうせき》を譲る」

上杉憲当は、越後の戦国大名長尾弾正少弼景虎《だんじょうしょうひつかげとら》を養子に迎え、関東管領職を譲る準備を整えたが、それは大きな意味を持たなかった。

関東管領は関東にあってこそであり、越後ではいざというときの頼りにならないからであった。

結果、上杉家に従っていた南上野の諸将は北条氏に降伏することになった。

「やむなし」

長野業政は山内上杉家を見限り、独自の勢力として西上野を死守すると決めた。

「吾《われ》の元に集まれ」

十二女を儲《もう》けた長野業政は、そのほとんどを周辺の国人《こくじん》領主に嫁がせていた。また、戦上手《いくさ》で知られた長野業政を頼りにする者も多く、西上野は一枚岩となった。

しかし、状況は悪化の一途を辿《たど》った。

東信濃の領有を巡って武田晴信《はるのぶ》と何度も争った村上義清《むらかみよしきよ》が、天文《てんぶん》二十二年（一五五三）四月、葛尾《かつらお》城を放棄、景虎を頼って落ち延びた。

「次は上野じゃ」

越後に近い北信濃以外を支配した武田晴信は、次に西上野を目標とした。

幸い、村上義清からの旧領回復の訴えを受け入れた長尾景虎が信濃へ出兵、決着は付かなかったが川中島《かわなかじま》で激突、これ以降両家が信濃の領有を巡って何度も争ってくれたおかげで、長野家はしばしの安寧《あんねい》を得た。

「若、相手だけを見ていてはなりませぬ。足下《あしもと》、左右にも目をお配りになられねば」

箕輪城で上泉《かみいずみ》武蔵守信綱《のぶつな》が、長野業政の息子業盛《なりもり》に兵法の稽古《けいこ》を付けていた。

「真っ正直に突っこんだとき、足下がお留守であれば、石に蹴躓《けつまず》いたり、木の根に引っかかったりするやもしれませぬ。踏み出すときは、足をどこに置くかをしっかり確めておかねばなりませぬ」

上泉信綱が、手にしていた木の枝を小さく振って、長野業盛の左足を軽く打った。

「あうっ」

長野業盛が、痛みに動きを止めた。

「敵がいるとき、止まってはなりませぬ。止まれば矢が当たりやすくなり、槍《やり》も狙《ねら》いやすくなりまする。動き続けて、狙いを付けさせぬようにいたさねば」

上泉信綱が、長野業盛をたしなめた。

「もう一度、お願いする」

長野業盛が奮起した。

「いくらでもお付き合いいたしましょうぞ」

木の枝を上泉信綱が上下に小さく振って、長野業盛を誘った。

「おうりゃあ」

大きな気合い声をあげて、長野業盛がもう一度上泉信綱目がけて突っこんだ。

長野業盛は、河越《かわごえ》城の夜戦で討ち死にした業政の長男吉業《よしなり》に代わって、嫡男となった。

「余は上野をまとめあげねばならぬ。武蔵守、頼む」

いずれ攻めてくる武田晴信に対抗するため、長野業政は周辺の国人領主と連絡を密にしなければならず、息子のことにまで手が回らなくなっていた。

「お任せを」

天文十三年（一五四四）の生まれで今年十三歳になる業盛の教育を、上泉信綱は請け負っていた。

「…………」

すばやく上泉信綱が木の枝を振り、業盛の持つ木槍を弾《はじ》いた。

「うわっ」

木槍の先を叩《たた》かれた業盛が、思わず手を放した。

「…………」

無言で上泉信綱が、木槍を蹴飛ばした。

「あっ……」

手の届かないところに木槍をやられた業盛が呆然《ぼうぜん》とした。

「戦いの最中《さなか》に得物《えもの》を手放すなど、死にたいのですかな、若は」

冷たい声で上泉信綱が業盛を叱《しか》った。

「槍がなければ、太刀《たち》を使えばいい」

業盛が反論した。

「たしかにさようでございまするが、若の手に太刀はございませんぞ」

「……むっ」

言われた業盛があわてて腰に手をやった。

「あっ……」

業盛が言葉を失った。

槍の稽古に太刀は邪魔である。稽古の前に太刀は外されていた。

「ならばっ」

差し替えは残している。業盛が差し替えを抜こうとした。

「遅いですぞ」

あっさりと間合いを詰めた上泉信綱が、木の枝の先を業盛の喉《のど》に模した。

「……参った」

業盛が降参した。

「お疲れさまでござる」

木の枝を下げて、上泉信綱が業盛をねぎらった。

「ずいぶんと足は動けておりますが、相変わらずこれと狙ったことを達せようとされておられる」

上泉信綱が、業盛の稽古を評し始めた。

「一心不乱は、雑兵《ぞうひょう》の技でござる。雑兵は将に命じられたことだけをいたせばよい。突っこめと言われれば突っこみ、退《ひ》けと言われれば退く。隣の者が討ち取られようと、正面に敵が待ち受けていようと、ただ、ただ進む。しかし、将は違いまする。将は周囲の状況を見て、敵の薄いところを探し、そこへ兵を宛《あ》てがう」

「…………」

業盛が黙って聞いた。

「将は鳥の目を持たねばなりませぬ」

「鳥の目……」

「さようでございまする。戦場を上から見るように、理解せねば戦には勝てませぬ」

「そんなことできぬ」

上泉信綱の言葉に、業盛が首を横に振った。

「お父上さまはおできになられまするぞ」

「父上さまは別じゃ」

言われた業盛がなんとも言えない表情をした。

「いいえ、別ではございませぬ。お父上さまもできなかったころはございまする。人は生まれたとき、誰もが等しくなにもできませぬ」

上泉信綱が諭《さと》すように語った。

「赤子は生まれたとき、ただ泣くだけで、自らの力で厠《かわや》にも行けませぬし、乳も宛がってもらわねば吸えませぬ。それが日ごとに成長し、自力で立ち、歩き、走るようになりまする。勉学も同様。読めなかった字が教われば読める。兵法も同じでございますぞ」

「学べば、父上のようになれるのか」

「なれまする。若には、お父上さまの血が流れておりまする。素養はお持ちでございまする。あとは、その素養を磨くのみ」

問うた業盛に上泉信綱が告げた。

「じゃが、武蔵守。吾に将としての素養があるならば、なぜ足軽《あしがる》のまねをせねばならぬ。上から見るのに槍を使える使えないはかかわりあるまい」

業盛が疑問を口にした。

「槍の使い方、間合い、威力、速度などを知らずして、指図ができますするか。弓も同じ。どれだけ届くかわからなければ、いつ放たせるかわかりますするか。届かないのに放てば、矢が無駄になるだけでなく、敵に将が戦の経験がないと教えることになりますぞ。わざと侮らせる策でもなければ、すべきではない」

上泉信綱が険しい顔をした。

「…………」

反論できず、業盛が黙った。

「将は兵を死なせる。どれだけの大勝利、敵を圧倒しようとも、味方に死者は出る。その死者を出したのは、将でござる」

「うっ……」

話の内容に、業盛の顔色が悪くなった。

「まだ勝てばいい。死にも意味があったと慰められる。なれど負け戦での死者は哀れでござる。味方を逃がすために、己を犠牲にしたならば、それでも価値はあるなどと思っているならば、さっさと家督を弟君に譲られよ。負け戦での犠牲は、どのように言いつくろったところで、無駄死にでしかない。戦は勝ってこそでござる」

「勝敗は武士のならいというではないか。勝つときもあれば負けるときもある」

業盛が言い返した。

「武士のならい……負けても生きていたならば、言えましょうな。死人はなにも言えませぬ。捲土《けんど》重来《ちょうらい》は生きていてこそなるのでござる」

「死人はなにもできぬ……見事な死に様をすれば、名が残る」

追い詰められた業盛が、目を吊《つ》りあげて言った。

「負け戦で、殿《しんがり》を受け持ち、敵を食い止め、味方を逃がした。これは見事な手柄でございますな」

「ああ」

確認するような上泉信綱に、業盛がうなずいた。

「では、その名を残した者は、次の戦いでなにをしてくれるのでございまするか」

「……えっ」

問われた業盛が間抜けな顔をした。

「その者の名前で、敵は逃げてくれまするか」

「…………」

「その者の跡継ぎは、先代の名に恥じぬだけの結果をかならず残してくれまするや」

「それはっ……」

業盛が目を逸《そ》らした。

「名前ではなにもできませぬ。生きていてこそ、人は役に立つ。将は、どれだけ人を死なせないかを考えなければなりませぬ。そのために、将は、弓、槍、剣、馬、そのすべてに精通していなければならぬのでござる」

もう一度上泉信綱が念を押した。

「…………」

「身体《からだ》の汗をしっかり拭われよ。体調を崩さぬのも将の仕事でございますぞ」

考えこんだ業盛に、注意を与え、上泉信綱が稽古を終えた。

二

稽古を終え、御殿に入った上泉信綱を、長野業政が迎えた。

「ご苦労であるの」

疲れた笑みを浮かべながら、長野業政が上泉信綱をねぎらった。

「お戻りでございましたか。お出迎えもいたさず、申しわけございませぬ」

上泉信綱が帰館に気づかなかったことを詫《わ》びた。

「いや、そなたには、松千代《まつちよ》のことを預けっぱなしで、申しわけなく思っておる」

長野業政が、業盛の教育をやってくれていると感謝した。

「いえ」

「どうだ、松千代は」

当然のことだと首を横に振った上泉信綱に、長野業政が訊《き》いた。

「武の才はお持ちでございますな。さすがは殿のお血筋」

「……武の才か」

褒められた長野業政が眉《まゆ》をひそめた。

「将としては足りぬか」

「わたくしが将ではございませぬので、ご嫡男さまがどうかとは言えませせぬ。ただ、まちがいないのは、あまりにも初心……」

「経験がないか」

上泉信綱の言葉に、長野業政がため息を吐《つ》いた。

「今にして思えば、右京《うきょう》の死は痛い。あのときは、お館《やかた》さまを守り抜いてくれたと誇りに思えたのだが……」

河越城攻めの最中、長野業政の長男右京吉業は、上杉憲当の側《そば》に人質を兼ねた警固《けいご》として詰めていた。そこを北条方が急襲、上杉軍は崩壊の憂き目を見た。

潰走《かいそう》状態になった本陣を支え、吉業は上杉憲当を逃がしたが重傷を負い、敢《あ》えなくなっていた。

「あのような者とでは、引き合わなかったわ。関東管領が関東を失ったというに、自害をするだけの気概さえない」

長野業政が、上杉憲当を罵《ののし》った。

討ち死にしたとき十六歳だった吉業は、武に優れていただけではなく、人望もあり、長野家を十分に背負って立てると期待されていた。

「右京さまのことは、返す返すも残念でございまするが、松千代さまも劣ってはおられませぬ。ただ、戦に出た経験がないだけ。いずれ、戦場を駆けられれば、きっと天晴《あっぱれ》の武将と讃《たた》えられるようになられましょう」

「積めるかの。経験を」

上泉信綱に言われた長野業政が肩を落とした。

「……いけませぬか」

「小源太《こげんた》がな」

問うた上泉信綱に、長野業政が苦笑した。

「金井淡路守《かないあわじのかみ》どのが……」

上泉信綱が息を吞《の》んだ。

金井淡路守小源太秀景《ひでかげ》は、長野業政の七女を正室に迎えている。上野の西で名高い倉賀野《くらがの》衆の一人として知られた豪の者であった。

上野と武蔵の国境を扼《やく》する要害倉賀野城に拠《よ》る倉賀野為広《ためひろ》を支える重臣として、武田晴信と戦ったが大敗、以降その去就があやふやになっていた。

「小幡尾張守《おばたおわりのかみ》も決別して久しいしの」

長野業政の長女を娶《めと》っている上野小幡城主小幡尾張守信貞《のぶさだ》は、上杉憲当と衝突して武田晴信に仕えた。

その武勇は関東に鳴り響き、武田家でも重く扱われている。

「尾張守さまが……」

「吾《わ》が娘婿《むすめむこ》どもに、相婿の誼《よしみ》でと武田家へ誘いをかけてきておる」

小幡尾張守が武田家上野侵略の先兵として動いていると、長野業政が苦い顔をした。

「やはり」

上泉信綱が納得した。

「武田家の常道でございますな。戦をする前に敵地に穴を開ける。その穴が繋《つな》がったところで攻めれば、どれほど厚い壁でも保《も》ちませぬ」

「非道な者だが、武田は強い。儂《わし》が生きている間は、さすがに小源太もその他の婿たちも露骨なまねはせぬだろうが……松千代の代となったときにどうなるか」

業盛では支えきれないと暗に長野業政が告げた。

「長生きをしていただかねばなりませぬ」

「したい。せめて松千代が二十歳《はたち》をこえるまでは生きたいが、こればかりは天命じゃ。人の手でどうにかなるものではない」

力なく長野業政が首を左右に振った。

「殿ならば、大事ございませぬ。上野がいまだ武田、北条の支配に落ちていないのは、殿のお力でございまする」

上泉信綱が励ました。

「儂の力か……力があるならば、上野を一つにし、逆に武蔵へ攻めこんでくれるものを。だが、もう、上野にそれをする余裕はない。管領に見捨てられたのだからな。乱世で守りに入るのは、穏やかな敗北でしかない。長く旗印として支え、仕え、一族の命を捧《ささ》げてきたのが、無駄だと知らされた」

長野業政が失意を露《あら》わにした。

「殿……」

「武蔵守よ。悪いが儂が生きている間は、付き合ってくれい。それ以上はもうよい。そなたの兵法を長野家だけで遣《つか》い潰《つぶ》すのは、あまりに惜しい」

「畏《おそ》れ多いことでございまする」

長野業政の願いに上泉信綱が頭《こうべ》を垂れた。

「恥ずべきよな。そなたほどの武人を手放せぬのは、命ある間戦に負けたくない、吾が名前を貶《おとし》めたくないという、老いの見栄《みえ》」

情けない顔を長野業政が見せた。

関東管領を、山内《やまのうち》上杉家を守ると努力していた長野業政の思いは、潰《つい》えた。関東管領はまだ上杉憲当のもとにあるが、その居場所は越後である。関東管領が領国を追われただけなら、まだいい。それこそ長野業政を頼って、箕輪城へ逃げてきてくれたならまだよかった。

「御身《おんみ》、お守りいたしますする」

関東管領の家臣として、誇ることができた。

しかし、上杉憲当は越後国を奪った長尾家を頼った。

「なぜに……」

長野業政にとって、大いなる衝撃と失意であった。

たしかに北条氏、武田氏の勢いはすさまじく、上野が保てるという保証はなかった。それでも上杉憲当を自害させるほど長野業政は弱くない。いざとなれば、己が身代わりとなっても、上杉憲当を落ち延びさせるくらいの覚悟はある。

だが、長野業政の願いも虚《むな》しく、上杉憲当は北条に匹敵するだけの力を有し、武田晴信と争っている越後の虎、長尾景虎の庇護《ひご》を受けた。

「命からがら逃げたのだ。寄らば大樹の陰というのもわからぬではない。それでも長く上杉家を支えてきた我らのことを少し考えていただきたかった。別に吾がもとでなくともよい。上野に残ってくれてさえいれば、十分に旗印として使えた」

長野業政が、上杉憲当を旗印、道具扱いにした。

「関東管領の威儀を復する。大義名分だ。京の将軍へ北条家を咎《とが》めてくれという嘆願使を出すこともできた。まあ、将軍は動かないだろうが……」

己の首さえ危なくなるほど、京の将軍も権威を失っている。あちらはあちらで管領細川《ほそかわ》家、山名《やまな》家、畠山家などに翻弄《ほんろう》され、自前の軍勢さえない飾りになっていた。

「無駄でも一つの希望にはなる。まだ関東管領は負けていない。今こそ団結して、北条の横暴を撥《は》ね除《の》ける。つまり、まだ希望はあると思えた」

虚《うつ》ろな表情で長野業政が続けた。

「押されている者は、それこそ溺《おぼ》れる者と同じよ。藁《わら》にもすがる。その藁がなくなった。そうじゃ、心を支えてきたものがなくなったのだ」

長野業政はとうとう上杉憲当を藁扱いした。

「越後の長尾が来るというが……どうかの。いや、来るには来るだろう。長尾弾正少弼にとって、上杉の名跡はありがたいからな」

「越後はなかなかに難しいところだと聞き及びまする」

上泉信綱もうなずいた。

長尾景虎の父為景《ためかげ》は、越後の守護上杉房能《ふさよし》を自害させ、跡を継いだ定実《さだざね》を傀儡《かいらい》にして実権を握った。

しかし、そのやり方に不満を持っていた上杉の一族や越後揚北《あがきた》衆と呼ばれた国人領主たちが叛乱《はんらん》を起こした。そのなかには長尾為景の一族も含まれていたというから、どれだけ嫌われていたかわかる。

「もともと守護の上杉が力を失って、代わって台頭したのが守護代の長尾家であったからな。その長尾家も為景の三条《さんじょう》長尾、上田《うえだ》長尾、古志《こし》長尾と三つに分かれ、守護代の地位を争っていたという。一族同士で争っていた越後をなんとかまとめあげたのが、今の弾正少弼景虎どのよ。とはいえ、まだまだ一枚岩とは言えぬ。いつまた上田長尾が、古志長尾が、守護の一族上杉の一門が旗を揚げるやもしれぬ。そのとき関東管領であった山内上杉家の名前は大きい。越後上杉の本家に当たるのだ。兵を起こせば、それこそ謀叛《むほん》として討ち果たせる。守護の一族を臣下として攻め滅ぼすわけにはいかなかった長尾景虎が、その軛《くびき》から放たれた」

「上田長尾、古志長尾に対しても、主家として対応できまする」

上泉信綱も述べた。

「血を引いていなくとも、養子といえども山内上杉の当主となれば、名分は立つ。おそらく越後は弾正少弼のもとで固まろう」

「長尾弾正少弼どのにとっては、関東管領さまが越後へ逃げてきてくれたのは、まさに渡りに船であったと」

「うむ」

ゆっくりと長野業政が首肯《しゅこう》した。

「とはいえ、ただではない。山内上杉家の名跡だけを受けて、関東管領復権に動かねば、またぞろ不満が溢《あふ》れてくる。それをなだめるために、かならず弾正少弼は関東へ兵を出す」

「ならば、よろしいのでは。越後の兵は精強だと聞いておりまする。小田原《おだわら》へ北条を追い返すくらいはしてくれましょう」

上泉信綱が興奮した。

「無理だな。長尾弾正少弼は武田と遣り合っている。越後から兵を関東へ出せば、信濃を落とす好機と武田が動く。そうなれば、村上らがうるさく騒ぎ出すだろう」

「たしかに」

首を振った長野業政に、上泉信綱が納得した。

「なにより、越後は雪が深い。兵を出せるのは、刈り取りを終えて雪が降り出すまでのわずかな間だけだ」

上野も冬になれば雪が降る。いや積もった。

だが、越後の雪は、そのていどのものではなかった。それこそ、人の背丈よりも高く積もるのだ。そうなってしまえば、越後の兵は国へ帰ることができなくなる。

「二カ月ほど」

刈り取りを八月だとすれば、軍勢が動けるのは十月くらいまでになる。

「夏でも同じだ。よくて四カ月。それで北条を上野から小田原まで追いやれるわけがない」

長野業政が言った。

戦は百姓《ひゃくしょう》を足軽として徴兵するため、農閑期《のうかん》でなければできなかった。四月の田植え前後、八月の刈り取り前後は、田畑に人手が要る。とても戦などできなかった。

これが九州だとか、畿内《きない》であれば、刈り取りを終えて、春の田畑起こしまでの半年近く、軍を動かせるが、越後や奥州《おうしゅう》では、雪に閉ざされて身動きが取れなかった。

「あの御仁《ごじん》を……」

長野業政は上杉憲当をお館とも呼ばず、完全に見捨てた。

「御旗として大軍をもって進軍すれば、上野はあっさりと従おう。まだ、北条の治世は浸透しておらぬゆえな。しかし、武蔵、相模《さがみ》は違おう。北条の一門、重臣がそれぞれの要地に置かれている。抵抗も激しかろう。それらをすべて抜けるか」

「難しゅうございましょう」

上泉信綱が首を横に振った。

要害と呼ばれる山城《やまじろ》、河を背にした城などは、大軍をもってしても攻略に手間取る。それこそ、小さな山城一つに数カ月かかったという話はいくらでもある。

「なにより、越後の軍勢は先ほども申したように、国へ帰るのだ。どれほど上野を、武蔵を取り戻したとしてもだ。そうなればどうなる」

「…………」

上泉信綱は、口にできなかった。

「あの御仁をもう一度関東管領、主君としていただけばいいなどと考えておらぬようで安堵《あんど》したわ」

しっかりと長野業政は見抜いていた。

「はい」

小さく上泉信綱が認めた。

「関東管領も弾正少弼どのに譲られるとのお話を耳にいたしましたが」

「山内上杉家の家督を譲ったのだ。それには関東管領の座も含まれる」

「ならば、弾正少弼どのが取り返した上杉家の本城、平井《ひらい》城に入られるのではございませぬか」

長尾景虎が関東管領として君臨するならば、取り戻した上野や武蔵は安定するのではないかと上泉信綱が問うた。

「それはない。弾正少弼には、越後を留守にする度胸はない。知っておるか、弾正少弼は長尾の当主になれる身分ではなかったことを」

「三男か、四男だとか聞いた覚えはございまする」

上泉信綱が答えた。

「四男で、長兄が跡を継いだ後、寺に入れられた。ただ、父為景がやりすぎたおかげで、国内は落ち着かず、武に優れていた弾正少弼を寺で勉学させておくわけにはいかず、呼び戻した。そして次々と武功を立て、ついには兄を押しのけて当主となった。このときにも越後は二つに割れた。その経験が弾正少弼を越後から離れさせせぬ」

「武蔵に移れば、越後は背くと」

「…………」

確かめるように訊いた上泉信綱へ、長野業政が無言で首肯した。

「武田か、北条か。あるいは分割か。上野の行く末はいずれにせよ、険しいものとなろう。もう、儂の力が及ぶところではない」

長野業政が大きく嘆いた。

三

たしかに長野業政は、稀代《きたい》の名将であった。去就の怪しい娘婿まで含めて、上野連合軍とも言うべき勢力を築き、武田大膳大夫《だいぜんのだいぶ》晴信の上野侵攻を頓挫《とんざ》させ続けた。

二万という大軍を集めた長野業政の手腕に怖れをなして、武田晴信が軍勢を退いたこともある。

国境で激突し、互いに多くの犠牲を出して引き分けたこともあった。

寄せ集めの弱点を突かれ、武田勢を阻止することができず、箕輪の城下まで侵入を許したこともあった。

「地の利は儂にあるのだぞ、大膳大夫」

城下を武田に支配されても、長野業政は慌てなかった。

箕輪城は榛名《はるな》白川《しらかわ》に西側を、榛名沼に南側を守られた平山城《ひらやまじろ》である。大手門にいたる道は狭く、大軍で一気に押し寄せることはできない。

「落とせ、落とせ」

大手道をのぼってくる敵兵は道が狭いうえ、左右に林が迫っているため、せいぜい三人が並んで進むくらいしかできない。長柄の槍なんぞ持っていては、その柄が邪魔になるため、前後の間隔を空けなければならず、より攻め手が減る。

また、弓矢を撃とうにも、道が曲がっていては直接城を狙うことはできない。目視できるところまで近づくということは、城からの弓矢も届くと同義であった。いや、城からの弓は城門の上に設けられた櫓《やぐら》、見張り台から放たれるだけに、遠くまで届くし、威力も高い。

「弓を下げよ」

槍と違って、特別な鍛錬《たんれん》を重ねなければ一人前にならない弓足軽は貴重であった。本来、野戦で迫りくる敵へ制圧を加えるのが弓の役目である。遮蔽物《しゃへいぶつ》に守られた敵に、威力が減ずる下から上への攻撃をするように弓はできていない。

武田晴信は早々と弓による攻城をあきらめた。

「丸木を用意せよ。大手門を破る」

甲州《こうしゅう》や信濃からわざわざ重い攻城兵器を持ってこられるわけはない。その辺で見繕《みつくろ》った木を切り倒し、数名から十名ほどで抱えられる大きさの丸木を製作する。

「大盾持ち、控え足軽を付けよ」

攻城用の丸木は人の手で運び、勢いを付けて大手門などにぶつける。当たり前だが、丸木を持っている足軽は、両手が使えなくなる。身を守る手段を持たず、重い丸木を抱えた足軽など、弓にとっては格好の獲物でしかない。そのまま送り出したら、大手門が見えた段階で全滅してしまう。そうならないように人の身体が十分隠れるほどの大きな盾を両手持ちにした盾足軽を付ける。

それでも被害は防げない。盾持ちの足軽にしてみれば、己の身も守りつつ、丸木持ちまで隠してやらなければならないのだ。どうしても穴ができ、射貫《いぬ》かれたり、怪我をする丸木持ち足軽は出る。そのときに交代して、すぐに支える役目の足軽も要った。

「行け」

丸木を持った足軽たちが、大手門へと向かった。

「来るとわかっていると楽よな」

物見櫓から武田軍の様子《ようす》は十分見て取れていた。

上泉信綱は己の弟子たちでもある家臣たちを連れて、大手門を出たところの林に潜んでいた。

「叔父上《おじうえ》、わたくしに先陣をお許しいただきたく」

疋田文五郎景兼《ひきたぶんごろうかげとも》が願った。

「よかろう。ただし、耳はすましておけ。城からの合図を聞き逃すな」

上泉信綱が認めた。

「重々心いたしまする」

疋田文五郎は、上泉信綱の姉の子になる。幼いときから上泉信綱のもとを訪れ、修行を積んでいた。

若いだけに体力もあり、すでに剣の腕だけでいけば、家中でも指折りのものとなっていた。

「伊豆」

「はっ」

長野家の家臣ながら上泉信綱に心酔し、その弟子となった神後《じんご》伊豆守宗治《むねはる》が応じた。

「文五郎の後詰めを頼む」

「承知」

上泉信綱に言われた神後宗治がうなずいた。

「わあああああ」

身を守ることも逃げることもできない丸木持ちの足軽は、大声を発して己を鼓舞する。

大手門を目前にした丸木持ち足軽が気分を無理矢理あげて、足に力をこめた。

「よし……行けっ」

「おうりゃあああ」

上泉信綱に背中を押された疋田文五郎が、丸木持ち足軽を上回る声をあげながら、林から飛び出した。

「続けっ」

神後宗治が、他の者を率いて出た。

「吾も参ろうか」

最後に上泉信綱が林のなかを駆け、丸木の後ろに続いている武田の主力へ向かった。

丸木で門を破った後、そこへ攻めこまなければ、攻城はならない。よって、丸木の後ろには、武田家でも勇猛で知られた将兵や、使い捨てにされる支配地の国人領主たちが続いていた。

「ひいっ」

盾持ちの足軽が、疋田文五郎に気づいて悲鳴をあげた。両手を使う大盾持ちは武器を携行できないため、攻められれば弱かった。

「しゃああ」

走り寄った疋田文五郎が一刀のもとに、盾持ち足軽を斬り捨てた。

「疋田に手柄を独り占めさせるな」

「おう」

神後宗治らが、太刀を振りあげて丸木持ちの足軽へ襲いかかった。

「た、助けてくれ」

丸木持ち足軽が泣き声をあげるが、丸木を捨てることはできなかった。丸木持ちに選ばれた段階で、退却は認められなくなる。重い丸木を支えているのだ。一人が逃げれば、丸木は容易に重心を崩し、転がってしまう。

運がよければ、控えの足軽が手出しすることで、もう一度抱えられる。だが、ほとんどの場合は丸木持ちの足軽が巻きこまれ、足を折ったり、下敷きになる。下手をすれば坂道を下った丸木が後続の将兵を弾き飛ばすことにもなりかねない。

そうなれば、先陣が混乱し、討って出た城方によってさんざんに撃ち破られることに繋がる。

許しなく手を離した丸木持ち足軽は首を刎《は》ねられるのが、武田を含めた多くの大名家の軍法であった。

「二人」

流れるように続けた疋田文五郎の一撃で、先頭にいた丸木持ち足軽が首を刎ねられて血を噴いた。

「次じゃあ」

目を吊りあげた疋田文五郎が、三人目の獲物へ襲いかかった。

「うるさいことだ」

林のなかから出た上泉信綱が、疋田文五郎の叫び声にため息を吐いた。

「何者だ。抜け駆けは禁止ぞ」

不意に現れた上泉信綱に、武田の将兵が注目した。前に味方の足軽がおり、長野勢は籠城《ろうじょう》している。みょうなところに姿を見せた上泉信綱を、手柄欲しさの味方が抜け駆けをしたと思ったのも当然であった。

「長野信濃守が臣、上泉武蔵守でござる。覚えていただかなくても結構」

すでに太刀は抜いている。軽く地面を蹴った上泉信綱が、もっとも近かった武田兵を狙った。

「…………」

兜《かぶと》と鎧《よろい》のわずかな隙間へ上泉信綱の太刀を突っこまれた武者が、無言で崩れた。

「なんだっ」

「敵、敵だあ」

ようやく武田方が騒然となった。

「討ち取れ、こやつはあの兵法者の武蔵守じゃ。大将首ぞ」

冷静に対処しようとした武者を上泉信綱は次に選んだ。奇襲で生まれた混乱を鎮められては、さすがにまずい。どれだけ腕が立とうとも、一人なのだ。数で囲まれれば勝ち目はなくなる。

「目障《めざわ》りじゃ、おぬしは」

上泉信綱の太刀が閃《ひらめ》き、武者の脇下《わきした》が断たれた。

脇の下には大きな動脈が、割と浅いところを通っている。盛大に血を噴いて、武者が転がった。

「ひえええ」

血を浴びた足軽が恐慌に陥った。

一人でも恐怖に駆られれば、周囲も引きずりこまれる。

「助けてくれ」

「鬼じゃ」

「逃げるな。戦え」

死から少しでも離れようとする者、戦いを続けようとする者が入り乱れ、先陣の勢いが止まった。

「ぬん、しゃっ」

そこへ飛びこんだ上泉信綱が、あっという間に五人の武者を斬った。

「……鉦《かね》が鳴った」

大手門の味方から退けの合図が聞こえた。

「では、これにて」

すばやく上泉信綱が身を翻《ひるがえ》した。

「逃がすな」

「あやつだけでも」

「このまま城門に取りつけ」

敵が逃げたとなれば、いきなり強気になるのが人である。武田の将兵が、上泉信綱の背中を追撃した。

「叔父上」

わずかに開いた大手門から、疋田文五郎が声をかけた。

「……よし」

大きく上泉信綱が横へ飛んだ。

「なんだっ」

続いていた武田の将兵が戸惑ったところへ、城から放たれた矢が雨のように降ってきた。

「ぎゃっ」

「ぐっ」

たちまち武田の将兵が矢に射貫かれてばたばたと倒れた。

「…………」

それを横目で見た上泉信綱が、坂道へ戻り、大手門へと逃げこんだ。

「おのれっ」

攻城は失敗に終わった。

結局、箕輪城まで押し寄せながら、武田晴信は兵を退いた。

用意していた兵糧《ひょうろう》が心許《こころもと》なくなり、いつまで経《た》っても落ちない箕輪城に兵たちの士気が落ちたところに、足軽を戻し農へ従事させなければならない季節になったためであった。

ここで踏ん張って箕輪城を落としたとしても、田畑が荒れてしまえば、収入は激減する。長野の領地を奪った代わりに、領国で百姓一揆《いっき》や国人領主の離反が起こっては武田の土台にひびが入る。それでは、本末転倒になる。

「勝ったというより、凌《しの》いだか」

去っていく武田軍を城の物見櫓から見送りながら、長野業政が苦笑した。

「よく働いてくれた」

長野業政が上泉信綱を褒めた。

「………」

無言で頭を下げ、上泉信綱が謝意を示した。

腰を落とした長野業政が、大きく息を吐いた。

「籠城は疲れるの」

「勝ったところで、得るものがない。持ち出しじゃ」

攻め入っての勝利であれば、領土が増える。あるいは、敵地から食料や金、宝物などを分捕《ぶんど》れる。

しかし、籠城戦は矢弾などの武具、兵糧を浪費するだけで、何一つ増えない。

だからといって、籠城で活躍した者への褒美《ほうび》は出さなければならなかった。褒美を与えられなければ、正当な評価をしてくれないと、手柄を立てた本人だけでなく他の将兵まで、次の戦いで命をかけなくなる。場合によっては武田に寝返りかねない。

「ということで、悪いの。知行《ちぎょう》はやれぬ。代わりにこれを取らせよう」

長野業政が手にしていた太刀と差し添えを上泉信綱に渡した。

「太刀はそなたに、差し添えは甥《おい》にやるといい」

「これは、甥にまでお気遣《きづか》いをいただき、かたじけなく存じまする」

愛刀を下賜《かし》されたことに上泉信綱が恐縮した。

「名のある銘刀でもない。歴史ある宝刀でもない。ただ丈夫なだけの無銘だが、この儂に長年連れ添ってくれたものだ。慈《いつく》しんでやってくれい」

「心得ましてございまする」

主君から愛用のものをもらえるのは、寵臣《ちょうしん》の証《あかし》であった。

「ご苦労であった」

下がれと長野業政が、手を振った。

「そなたの兵法が神の域に達するのを見たかったが……叶《かな》うまいな」

上泉信綱の姿が見えなくなったところで、長野業政が呟《つぶや》いた。

すでに還暦をこえ老境に入った長野業政の体力は落ちていた。なんとか気力で保たせているが、それでも無理は続けられなくなっていた。

その後もしつこい武田晴信の侵攻を弾き返し続けた長野業政は、その緊張からついに身体を壊した。

四

「山内上杉家の所領を回復する」

永禄《えいろく》三年（一五六〇）、ようやく上杉の当主としての体裁を整え、幕府から関東管領に任じるとの奉書を受けた上杉景虎が越後から大軍を率いて進軍してきた。

「お味方仕りまする」

長野業政は病身を押して参陣した。

「松千代が困ったときの伝手《つて》になろう」

寿命を悟っていた長野業政は息子業盛が武田の侵攻を受けたとき、上杉景虎へ援軍を頼みやすいように配慮したのだ。

「今川《いまがわ》が混乱している今こそ、好機なり」

尾張《おわり》の織田信長《おだのぶなが》と決戦に及んだ今川義元《よしもと》が桶狭間《おけはざま》にて敗死、北条、武田、今川で結んでいた三国同盟に穴ができた。

当主を失い混乱した今川は、とても北条に援軍を出す余裕がない。

上杉景虎は、冬が来ても国に帰らず上杉憲当から譲られた関東管領という地位を駆使して、与力《よりき》を集め、常陸《ひたち》の佐竹《さたけ》氏らも誘って北条氏を滅ぼさんとの覚悟で戦いを継続した。

越後から精兵八千を率いてきた上杉景虎の勢いはすさまじく、厩橋《まやばし》城、沼田《ぬまた》城など上野における北条氏の拠点を次々攻略した。

「馳《は》せ参《さん》じましてございまする」

「陣営の隅にでもお加えいただきたく」

勝利が続けば、今まで北条に加わっていた国人領主たちもなびいてくる。せいぜい百か二百の兵力しか持たない国人領主など、従う相手が誰かはどうでもいい。強い者に逆らわず、そのときそのときを過ごせばいい。いや、千をこえる勢力でも、基本は変わりなかった。

上野を押さえた上杉景虎は厩橋城に本陣を置き、関東管領として北条討伐の号令を発した。それに上野だけでなく、宇都宮《うつのみや》氏、簗田《やなだ》氏、成田《なりた》氏、太田《おおた》氏、三田《みた》氏、小田《おだ》氏、真壁《まかべ》氏、里見《さとみ》氏ら、上総《かずさ》、下総《しもうさ》、常陸、武蔵、安房《あわ》を代表する大名や国人領主が多く参集した。

「なんの、我らは北条に付く」

しかし、千葉《ちば》氏、結城《ゆうき》氏など関東の有力な武将が上杉景虎に敵対を表した。

これは、古河《こが》公方足利氏が北条方に立ったからであった。

かつて、上杉憲当らとともに河越城に北条を攻めた古河公方の足利晴氏《はるうじ》だったが、あの後、扇ガ谷《おうぎやつ》上杉家の滅亡、山内上杉家の衰退を受けて北条氏へ降伏、次男の義氏《よしうじ》に家督を譲っていた。

「古河公方としての命じゃ。上杉を僭称《せんしょう》し、関東管領という名を騙《かた》る長尾景虎を討て」

足利義氏が北条の指図を受けて、大義名分を発した。

関東管領はたしかに大きな名前ではあるが、いったところで足利幕府の家臣でしかない。関東諸国の統治を幕府から命じられた古河公方の配下が、関東管領なのだ。

力こそ正義、下剋上《げこくじょう》がまかり通る乱世とはいえ、名分としては古河公方が格上になる。

上杉景虎の武名を認めていても、越後人の指揮下に入るのをよしとしない者にとって、古河公方という御旗は大きい。

「まとめて滅ぼす」

北条を孤立させられなかった上杉景虎は、それらを一蹴《いっしゅう》してくれると激怒した。

号して十万という大軍となった北条討伐軍は順調に攻略を進めていったが、すぐに大きな弱点が目に見えてきた。あまりに大軍となりすぎ、兵糧の不足を起こしてしまったのだ。

「現地で調達すればいい」

乱世のならい、略奪をおこなおうにも、この永禄三年は稀《まれ》に見る不作で、百姓は来年の種籾《たねもみ》まで食べ尽くしている始末。本国から輸送しようにも、越後は雪に閉ざされて春まで荷駄を出せる状況にはない。

また、上杉景虎に与力した国人領主たちも余分な兵糧を出せるだけの余力はなく、小田原まで進軍したところで、勢いは止まった。

「これ以上は……」

兵糧が尽きた国人たちを援助できない上杉景虎に、与力した者の何人かが見切りを付け、離れていった。

「失礼しよう」

ついには、最大の与力大名であった佐竹も兵を退いてしまい、

「やむを得ぬ。北条を小田原に押し返しただけでよしとする」

上杉景虎も帰国の途に就いた。

「徒労じゃったな」

さすがに関東管領自らの出陣となれば、当主である長野業政が帯同しなければならない。

半年ぶりに箕輪城へ戻った長野業政が、脱力した。

「あっという間に、北条が勢いを取り戻そう」

とどめを刺せなかったのだ。北条氏がふたたび勢力を取り戻すのは目に見えていた。

「すでに詫びに走っている者もいようよ」

今回上杉景虎に付いた大名や国人領主の幾人かは、大慌てで小田原城へ走っている。

「関東管領の名前を出されては……」

「わたくし一人逆らっても、滅ぼされるだけでございました」

やむを得なかった、仕方なかったと北条へ謝罪をし、報復を回避しようとしている。

「とても責められぬな。あそこまでいきながら、北条を倒せなかったのだ」

小田原城を囲んだならば、兵糧が尽きるまで待つのではなく、一気呵成《いっきかせい》に襲いかかるべきであった。どれほど堅城であろうが、十万という軍勢を支えることは難しい。損失は出るだろうが、戦では当然のことだ。

「一番乗りには、望み次第の褒美をくれてやる」

小田原城を前に上杉景虎がこう宣すれば、戦後の褒賞を期待して、大名や国人領主も我慢したはずだった。

「もう、弾正少弼では、北条は倒せまい」

今回の顚末《てんまつ》で、上杉景虎を見限ったものは多い。参陣した軍勢へ兵糧の手当てさえできなかったのだ。

「おそらく、小田原城へ向かうまでの戦いで立てた国人領主たちの手柄にも十分報いてはおるまい。関東管領の名前で出した感状くらいであろうよ」

感状とは戦いにおける優れた手柄に大将が出すもので、大いなる名誉とされてはいるが、それだけでは一文の収入にもなっていない。

「どれほど戦いで強くとも、領土、領民、そして命とすべてを託せる器ではないと、皆が感じてしまっておる」

長野業政は上杉景虎を総大将としては足りないと告げた。

「まあ、これもときの勢いかの。北条にはまだまだ命運があるらしい。代わりに儂の命運が尽きたわ」

疲れ果てた長野業政はとうとう倒れた。

「…………」

上泉信綱はなにも言えなかった。上泉信綱の目にも長野業政の生命は風前の灯火《ともしび》に見えた。

「いつまで続くのであろうな、乱世は。儂が生まれて七十余年、安寧の日々はとうとう来なかった。明日に怯《おび》えぬ夜、それは夢であった」

夜具に横たわったままで長野業政が瞑目《めいもく》した。

「そなたは夢を追うてくれ。儂は天下の兵法者を家の滅びに付き合わせたと誹《そし》られたくはない」

「……はい」

長野業政の遺言を上泉信綱は平伏して聞いた。

寒い冬を戦場で過ごす羽目になった長野業政は体調を悪化させ、永禄四年十一月二十二日、この世を去った。享年七十一、乱世の戦場で一生を過ごしたにしては、天寿全《まっと》うといえた。

「兵法を極めよとのお言葉、きっと成し遂げてみせまする」

上泉信綱は主君の葬送を見送った後、家督を嫡男秀胤《ひでたね》に譲って、廻国《かいこく》修行の旅に出た。

「父の望みじゃ。止めはせぬ。なれど吾では引き留められぬのが残念である」

長野家を継いだ業盛が当主としての態度で引き留めなかった。

「若殿の御武運をお祈りいたしておりまする」

「長野の名を辱《はずかし》めぬように努める」

見送りに出た師弟は、静かに別れを告げた。

「お供を」

疋田文五郎と神後宗治の二人が、やはり長野家を致仕して従った。

「諏訪《すわ》のお大社さまに参籠《さんろう》いたそう」

箕輪城を出た上泉信綱は、街道を南下した。

信濃一宮《いちのみや》と崇敬《すうけい》される諏訪大社の祭神、諏訪明神は風と水の守護神であり、豊穣と武を司《つかさど》る。古くは神功皇后《じんぐうこうごう》の出兵、坂上田村麻呂《さかのうえのたむらまろ》の奥州征伐にも神助を与えたとして、武士の参拝も多い。

「よろしいのでございますか。諏訪は武田の領地でございますが」

神後宗治が危惧《きぐ》した。

武田晴信は早くから諏訪に触手を伸ばし、天文十一年（一五四二）に和睦《わぼく》を装って諏訪大社の神職である大祝《おおはふり》を兼ねていた諏訪頼重《よりしげ》を謀殺《ぼうさつ》、その所領を簒奪《さんだつ》していた。

「吾はもう国人ではない。ただの兵法者じゃ。そして兵法者は廻国修行をなす者である。大膳大夫どのも軍勢を率いておらぬ牢人《ろうにん》など気にもされまい」

上泉信綱が首を横に振った。

「では、武田家よりお呼び出しがあれば……」

まだ神後宗治が気にした。

「そのときは、堂々と応じるまでよ」

「仕官なさいますので」

疋田文五郎が、少しばかり嫌そうな顔を見せた。仕官すれば、修行はできなくなる。まさに一騎当千は言いすぎでも、一騎当百くらいはしかねない上泉信綱を配下にできるのだ。武田晴信でなくとも、戦場へ向かわせるのは当然である。疋田文五郎は、より己の高みを極めたいと思って、叔父になる上泉信綱のあてどもない流浪《るろう》に加わったのだ。

「せぬわ。余は信濃守さま以外に尽くす気はない」

はっきりと上泉信綱が否定した。

「武田に仕えたならば、まちがいなく箕輪攻めに参加させられよう。いかに致仕したとはいえ、信濃守さまに繋がるお方に刃《やいば》を向けるわけにはいかぬ」

上泉信綱が首を強く横に振った。

長野業政が存命の間は、その武名と知謀が支柱となって、西上野をまとめていた。多少の揺らぎがあっても、どうにかなっていた。その長野業政が病死した。たしかに長野家は直系の業盛が継いだが、まだ若く父ほどの求心力はない。そこへ、長野業政の忠臣であった上泉信綱が武田に降《くだ》ったとなれば、箕輪城は保たなくなる。

「あの武蔵守でさえ、長野を見限った」

「今のうちに武田へ通じておかねば、長野とともに滅びることになる」

上泉信綱の登場は、長野氏の終わりを意味した。

「そして武田の誘いを断るのだ。他家への仕官もできぬ」

もし、上泉信綱が北条や上杉に仕えれば、武田晴信では主君に不足だと言ったも同じである。それこそ面目をかけて武田は上泉武蔵守を殺しにかかる。ならば、西国の大友《おおとも》や三好《みよし》ならばいいのかといえば、それも違う。それがどこであれ仕官したとなれば、武田よりそちらが上だと上泉信綱が宣言したことになる。それを武田晴信が認められるはずはなかった。それこそ土地に残った一族が被害を受ける。

「まあ、将軍家ならば、武田も表だっての文句は言うまいがな」

一応、武田晴信も足利将軍家の臣下なのだ。上泉信綱が同じく直臣《じきしん》として引きあげられても文句は言えない。言えば、それは将軍への不満として取られる。もちろん、将軍に武田を滅ぼす力などないが、不忠者、不遜《ふそん》なりとの評判は避けられない。

「将軍に無礼をなした武田を討つ」

それを上杉景虎や北条氏康《うじやす》らが利用しないはずはなかった。

「ゆえに余はどこにも仕えぬ」

「はっ」

師の決定である。神後宗治はそれ以上言わなかった。

「これから苦労することになるぞ。宿を取ることも満足に喰《く》うこともできぬであろう。ただひたすら兵法のために生きる。その覚悟がないならば、添え状を書いてくれるゆえ、越後を頼るなり、佐竹を訪れるなりいたせ」

「修行に浸れるとは、願ってもないことでございまする」

「わたくしも兵法の奥を見てみとう存じまする」

覚悟を問うた上泉信綱に、疋田文五郎が喜び、神後宗治が首肯した。

「ならば、我らに怖れる者はなし。ただ、神仏だけを敬う。野に骨を晒《さら》しても悔いぬ」

上泉信綱が強く言った。

「はっ」

「おう」

弟子たちも気勢をあげた。

「では、行こうぞ」

上泉信綱がふたたび歩みを始めた。

「…………」

街道を進んだ上泉信綱が峠《とうげ》で足を止め、振り向いた。

「叔父上……」

疋田文五郎が怪訝《けげん》な顔をした。

「箕輪の城が……遠いわ」

上泉信綱が呟いた。

「…………」

弟子二人が黙った。

第四章　武者修行

一

箕輪《みのわ》城を背にした上泉信綱《かみいずみのぶつな》は、諏訪大社《すわたいしゃ》を目指した。

「新しい旅立ちを、神仏に祈ろう」

上泉信綱はやはり長野《ながの》家を退身して付いてきた甥《おい》の疋田文五郎《ひきたぶんごろう》、神後宗治《じんごむねはる》を連れて、西へと歩を進めた。

上州《じょうしゅう》から信州《しんしゅう》へは、山をこえなければならない。距離は約三十里《り》（約百二十キロメートル）とさほど離れているわけではないが、そもそも道が悪い。

世は乱世なのだ。国が違えば、敵も同然、いつ攻めてくるかわからない。少しでも進軍を遅くさせる、阻害するためにわざと悪路にしてある。

曲がりくねり、石が埋まっており、木の根が這《は》い出ている。少しでもよそ見をすれば、たちまち引っかかってしまう。

「…………」

そんな道を上泉信綱たちは、なにもないかのように進んだ。

「お師範さま」

神後宗治が歩きながら、上泉信綱に声をかけた。

「どうかいたしたか」

振り返りもせず、足並みを緩めることなく、上泉信綱が応じた。

「野盗などは出ませぬか」

神後宗治の発言には期待が含まれていた。

「どうであろうかの。諏訪氏が武田大膳大夫《たけだだいぜんのだいぶ》さまによって滅ぼされてから二十年になる。さすがにもう諏訪の落ち武者もおるまい」

上泉信綱が首を横に振った。

甲斐《かい》の国主武田大膳大夫晴信《はるのぶ》は、実父信虎《のぶとら》を駿河《するが》へ追放、国を掌握すると周辺諸国への侵略を開始した。甲斐と国境《くにざかい》を接する上野《こうずけ》、武蔵《むさし》、信濃《しなの》がその目標となった。しかし、上野には名将長野業政《ながのなりまさ》が、武蔵には新興ながら勢いのある北条《ほうじょう》氏が手を伸ばしていた。

結果、武田晴信は信濃へ力を注いだ。

信濃は広く、北信濃と南信濃に大きく分かれる。その南信濃で、大きな影響力を持っていたのが、諏訪大社の大祝《おおはふり》を兼任していた国人領主の諏訪氏であった。

その諏訪氏と武田氏には縁があった。諏訪家の当主刑部大輔頼重《ぎょうぶたいふよりしげ》の正室に武田信虎の三女を迎えていた。

もっともこれも諏訪氏と武田氏の抗争を収める和睦《わぼく》のための政略による婚姻《こんいん》であったが、この後両氏は手を取り合って小県《ちいさがた》郡の海野《うんの》氏を攻めるなど親密さを増していた。

しかし、信虎を駿河へ追放した武田晴信は、両家の和を破棄、逆に南信濃で諏訪氏と争っていた高《たか》遠《とお》氏と結んで敵対した。

これに抗し得なかった諏訪頼重は、武田氏に降伏、甲斐へ連れ去られて自刃を強要された。

「ですが、師。聞くところによりまするると、諏訪は武田に反発する者が多く、なかなか落ち着かぬそうでございまする」

神後宗治が懸念を口にした。

「……たしかに、大膳大夫さまはまちがわれたな」

上泉信綱が嘆息した。

降伏した諏訪頼重と一族を甲斐へ連れ去って、だますように自刃させた武田晴信は、勝者のおごりというわけではないだろうが、美形として知られた頼重の娘を側室とした。

「降伏した将が人質代わりに娘を側室に差し出すことはままあることだが……だまし討《う》ちにして殺した将の娘を側《そば》に置くなど獣《けだもの》の所業、前代未聞じゃ」

小さく上泉信綱が首を横に振った。

「大膳大夫さまはお気に召されませぬか」

疋田文五郎が上泉信綱の人物評に興味を持った。

「気に入らぬ」

はっきりと上泉信綱が断言した。

「人として、武士としてしてはならぬことがある。たしかに戦《いくさ》は勝たねばならぬ。始まった以上、どのような大義名分があろうとも敵は屠《ほふ》らねばならぬ。生かして帰せば、いつかふたたび槍《やり》を持ち、侵してくるやもしれぬ。若年だ、老人だ、命乞いをした。どのような理由があろうとも、そやつを見逃したことで己の領民、一族、いや己が殺されることになりかねぬ。戦場《いくさば》に立った以上、情けは無用、いや情けは悪になる」

「遠慮するなと」

「そうだ。目の前に一度でも槍、刀、弓を持って現れた者は、討たねばならぬ。戦は生き残るための手段じゃ」

厳しい口調で上泉信綱が述べた。

「人がもっとも浅ましくなるのが戦場だ。目潰《めつぶ》し、背後からの不意討ち、多数による囲い討ち、どれも卑怯《ひきょう》な手段ではある。しかし、戦場では生き残った者こそ勝者なのだ。朗々と名乗りを挙げ、一騎討ちで勝敗を付けるなど、もう昔語りぞ。そのような古風な武士は死に絶えた。戦は勝たねばならぬ。敗者は勝者になにも言えぬ。すべてを奪われようともな。とはいえ、なにをしてもよいわけではない」

上泉信綱が一度息を整えた。

「敵対した大名、その家臣、足軽《あしがる》などを討ち果たすのはかまわぬ。一つ違えば、その者たちも勝者たりえたからの。すべてを奪う立場になれたかもしれぬし、なにより戦うことを受け入れたのだ。敵を討つということは、己が討たれるということの裏返しでしかない。覚悟はできていたはずであるし、できていなくとも戦場へ出た以上、文句を言うことはできぬ」

「…………」

二人が真剣な顔で聞いた。

「しかし、それを民に求めてはならぬ。敵地の民だから種籾《たねもみ》を奪っても、女を犯しても、子供を連れ去って売り払ってもいいわけではない。民に手を出せば、その地が死ぬ。耕す人手がなければ田畑は野に返る。種籾がなければ、秋に稔《みの》りを得られなくなる。それでは、土地を奪った意味がなくなる。年貢があがらなければ、武士も困るのだ。つまり、戦いは武士の間だけで終わらせ、民にはできるだけ被害を及ぼさぬようにせねばならぬ。倒した敵から刀や鎧《よろい》を剝《は》ぎ取るのはいい。落とした城にある財宝や米を奪うのもかまわぬ。これをさせねば、命を懸けて戦った者たちの血が治まらぬ。血気を霧散させずに帰せば、国で押しこみ強盗や女を襲うなどをしでかすからな」

上泉信綱がため息を吐《つ》いた。

「長野家はそうであった。先代の信濃守《しなののかみ》さまは、民への乱暴狼藉《ろうぜき》を禁じられ、犯した者には厳しい罰を下された。だからこそ、上野が攻められたとき、民は武田の先導をしなかった」

乱世では民も生き残りを懸ける。領主に不満があれば、侵略してきた軍勢に味方し、抜け道を教えたりした。

「甲斐国が貧しいのはわかっている。他所《よそ》から奪わねば食べていけぬとな。だからといって、なにをしてもよいわけではない。兵たちの乱暴を止めぬどころか、国にすべての米を持ち帰れと命じる武田大膳大夫を儂《わし》は認めぬ」

上泉信綱は武田晴信に付けていた敬称を取った。

「他国から奪う前に、領国を発展させるのが大名の仕事じゃ。戦は金がかかる。だからこそ、それ以上に奪おうとする。なにより男手を浪費するため、新田開発や鉱山探索などに支障が出る。戦で金を浪費し、人を潰していては、いつまで経《た》っても国は貧しいままだ」

「武田大膳大夫さまもそれくらいはご存じでしょう」

疋田文五郎が首をかしげた。

「わかってはいるだろうが、止《や》められぬのだろう」

「なぜでございましょう。武田大膳大夫さまといえば、勇将知将として天下に知られたお方。その大膳大夫さまが、兵の乱取りを認めるどころか、推奨なさるとは思えませぬ」

「武田大膳大夫が戦上手《じょうず》なのはたしかであろう。ただ、家中を掌握しているとは思えぬ」

続けて問うてきた疋田文五郎に、上泉信綱が首を左右に振った。

「武田大膳大夫は、父を放逐《ほうちく》して家督を手にした。父信虎どのがあまりに酷《ひど》いお方であったからだそうだが、当主を殺さずに追放したというのが問題よ」

「どこがでございましょう」

「討ち果たすだけならば、一人でもできる。不意を突けばいい。しかしながら追放となれば、信虎どのに従う者が少ないという確証がなければできぬ。下手をすれば、追放されるのが己になりかねぬ」

「家中の多くが賛同したから追放できたと」

神後宗治が気づいた。

「そうじゃ」

上泉信綱がうなずいた。

「家臣の協力で当主になったのではの、とても戦場でのおこないを掣肘《せいちゅう》できまい」

「なんと」

疋田文五郎が唖然《あぜん》とした。

「これで武田大膳大夫が凡将であれば、とっくに甲斐は分裂しただろう。不幸なことに武田大膳大夫は将として素質を持っていた。ゆえに我らが迷惑を蒙《こうむ》った。家臣たちを抑えきれぬ大名にだ」

上泉信綱が苦笑した。

「馬鹿らしいであろう、戦は」

呆然《ぼうぜん》としている疋田文五郎に上泉信綱が話しかけた。

「戦などせぬに限る。戦がなければ、毎年、田畑は稔ってくれる。その稔りのなかで生きていけばいい」

「では、戦場での功名は……」

疋田文五郎が窺《うかが》うように上泉信綱を見た。

「誇るに値せぬ。ただ、死ぬよりははるかにましだ。死人はもうなにもなせぬ。唐《もろこし》の故事に、死せる孔明《こうめい》、生ける仲達《ちゅうたつ》を走らすというのがあるそうだが、本朝では無理よ。死んだらなにもできぬ。よいか、剣とは人を殺すものに非《あら》ず。剣は己を守るための道具であり、術はそのための技。剣術を学ぶのは、死なぬため、殺されぬため。天寿をまっとうするための修行だと思え」

「生きるための術……」

「天寿をまっとうするため……」

疋田文五郎と神後宗治が、それぞれに上泉信綱の言葉を噛《か》みしめた。

「ゆっくりと考えてみよ。いつか、その意味がわかったとき、そなたたちは吾《われ》のもとから旅立つことになる」

上泉信綱が二人に声をかけた。

二

諏訪大社は信濃国一宮《いちのみや》で、五穀豊穣、風守護と武の神である。本宮は御山をご神体としているため本殿を持たず、拝殿しかなかった。

「見事なり、神杉」

社《やしろ》の内には、何本もの巨木がそびえ立っていた。

「なんとも真《ま》っ直《す》ぐな」

「まさに天を目指す槍」

二人の弟子も感嘆した。

「まずは、身を清めようぞ」

社の敷地を出たところに小川が川幅の割りに勢いのある流れを白く見せていた。

「…………」

両刀を疋田文五郎に預けた上泉信綱が無言で、諸肌《もろはだ》を脱いだ。下帯一つになった上泉信綱が、身を切るような清流に足を踏み入れた。

「…………」

すぐに膝《ひざ》を、腰を曲げた上泉信綱が上半身まで水を浴びた。

「祓《はら》い清めたまえ」

姿勢を座禅に変えた上泉信綱が、両手を合わせた。

「はあっ」

しばらくして気合いを放って、上泉信綱が清めを終えた。

「次、伊豆《いず》」

「はっ」

上泉信綱が神後宗治に命じた。

神後宗治のほうが、疋田文五郎よりも弟子になったのが早い。つまり第一の弟子を甥よりも優先したのだ。

「文五郎、辺りに気を配れ」

「はっ」

神後宗治の両刀や衣服を預かった疋田文五郎が、あちこちに目を飛ばした。

「終わりましてございまする」

濡《ぬ》れた神後宗治が上泉信綱の前に頭《こうべ》を垂れた。

「うむ。では、文五郎」

「はい」

最後に疋田文五郎が川へ入った。

同時に禊《みそ》ぎをしなかったのは、どこに敵が潜んでいるかわからないからである。武芸者にとって油断は恥でしかない。神域だからと気を抜いていては、命が幾つあっても足りない。

「身体《からだ》を拭いたな。では、お参りをするとしよう」

上泉信綱が二人を促した。

諏訪大社の神域は、まさに森のなかのようであった。玉砂利が敷かれているのは、ほんのわずかな幅でしかない。

「……足音がせぬ」

疋田文五郎が上泉信綱の足下《あしもと》を見て絶句した。

「これが歩術……」

神後宗治も驚いた。

「なんということでもない。足の裏に目を作れ。踏み降ろす位置をしっかりと見て、玉砂利の形を把握し、上から重みをかければ、音はせぬ」

上泉信綱が感心している二人に告げた。

「足の裏に目……」

「玉砂利の形を……」

神後宗治と疋田文五郎がまねをしようとしたが、より大きな音を立てる羽目になってしまった。

「そこばかり見るゆえ、身体の芯がぶれる。背に木剣を入れているつもりで足を出せ」

玉砂利をよく見ようとして、前屈《まえかが》みになっていると上泉信綱が注意をした。

「剣術遣いの一歩は、一軍を敵に向かわせるに等しい。慎重でありつつ、そして大胆でためらいなく踏み出さねばならぬ」

「それはどういうことでございましょう」

将たる地位に就いたことのない疋田文五郎が困惑の表情を見せた。

「わからぬか。そうか」

上泉信綱が疋田文五郎から神後宗治へと顔を向けた。

「一軍を率いる武将というのは、ためらってはなりませぬ。そして悔やんでもなりませぬ。大将が悩んだだけで、兵たちは不安になりまする。戦の後大将が後悔をすれば、兵たちの信頼を失いまする。命を預けてもよいと思わせなければ将たり得ず、とても戦いに勝てませぬ」

神後宗治が己なりの解釈を述べた。

「それと剣術にどのようなかかわりが……」

より疋田文五郎が混乱した。

「人の身体は一つではない」

「えっ……」

上泉信綱の言葉に、疋田文五郎が啞然とした。

「まず目や耳、鼻から入ってきたものを頭が集め、考えて、腕や足に伝える。これは戦と同じであろう。物見が得てきた敵の数や動き、持っている武器などの話を聞いた大将が、どうすれば勝てるかを考えて、軍勢に伝える」

「あっ」

言われて疋田文五郎が手を打った。

「足を踏み出す前に十分に考えよ。そして出した限りはためらうな。途中で迷えば、重心が狂う。戦いの最中に五分《ぶ》（約一・五センチメートル）でもぶれれば、それは大きな隙《すき》となる」

「一足一刀に集中せよと」

疋田文五郎が言った。

「そうじゃ」

満足そうに上泉信綱がうなずいた。

「さて、心を無にせよ。拝礼をするぞ」

上泉信綱が拝殿の前で頭を垂れた。

武田家に奪われて以来、諏訪大社の待遇は落ちた。

破れた無双窓もそのまま放置され、屋根の檜皮《ひわだ》も剥がれていた。

「…………」

長く拝んでいた上泉信綱が頭を上げた。

「奉納をいたそうぞ」

「はっ」

「喜んで」

上泉信綱の発言に二人の弟子が喜色を露《あら》わにした。

武田の支配は遠慮がない。諏訪氏の領民はそれこそすべてを簒奪《さんだつ》された。

年貢米は翌年の種籾を残して、そのほとんどを持ち去られ、諏訪の民の口に入ることはない。さらに働き手である男を武田は足軽として徴発した。武田の軍勢は強いが、徴用された足軽たちは違う。

「突っこめ」

「下がるな」

後ろから武田の兵が槍を向けてきている。逃げれば殺される。戦に勝てば命は助かるし、乱取りと呼ばれる略奪に加われる。前に進むしかないのだ。当然、死ぬ者も多い。

武田に稔りを全部持っていかれるだけでなく、戦場で男手を奪われる。どれほど田畑があろうとも耕す人手がなければ、収穫は減る。それでも武田は変わらず年貢を取りあげる。

すべてを奪われたに等しい諏訪の民が神への供物《くもつ》を、神への奉仕をする余裕はなくなっても仕方のないことといえた。

参詣《さんけい》に訪れる人もない神域で、上泉信綱は弟子二人とともに奉納稽古《げいこ》をすることにした。

「上段、斬《き》り落とし」

「はっ」

「おう」

「下段、斬りあげ」

「たあ」

「やっ」

上泉信綱の動きに追随する弟子二人の声が、静かな神社に響いた。

「……納め」

小半刻《こはんとき》（約三十分）近く型を演じた上泉信綱が終わりを宣した。

「続いて奉納試合に移る。文五郎、伊豆」

「はっ」

「承って候《そうろう》」

言われた二人が太刀《たち》を鞘《さや》へ戻した。

「木刀ではない」

よけておいた荷物のところへ木刀を取りにいこうとした疋田文五郎と神後宗治を上泉信綱が止めた。

「真剣で試合を」

疋田文五郎が息を吞《の》んだ。

「うむ。これからは守るべき家もなく、守ってくれる者もおらぬ武者修行の旅じゃ。打たれても木刀ならば、なんとかなるなどと甘い考えでおれば、いつ命を落とすかわからぬ。宿であろうが、厠《かわや》であろうが、気を抜くことはできぬ」

上泉信綱が真剣を使うのも心構えだと述べた。

「わかりましてございまする。伊豆どの、お願いをいたしまする」

稽古は弟弟子から願うものである。

疋田文五郎が神後宗治に一礼した。

「精進いたそうぞ」

神後宗治が今一度抜いた。

「三間《げん》（約五・四メートル）離れて、構え。斬りすぎるな」

上泉信綱が二人に指図した。

「始め」

「おう」

「参る」

扇《おうぎ》をあげて合図をした上泉信綱に合わせて、二人が太刀を青眼《せいがん》にした。

「やあ」

「なんの」

疋田文五郎が駆け、神後宗治も応じた。

二人が間合いのなかほどで、太刀を振るった。

「…………」

上泉信綱が二人の動きを注視した。

「あの戦は無駄ではなかったようじゃ」

長野業政が籠《こ》もる箕輪城を攻めた武田軍を迎え撃ったとき、疋田文五郎と神後宗治はともに上泉信綱に付いて、城の外で伏兵となり、敵軍を散々に斬って回った。

合戦はいつでも命がけである。どれほど腕が立とうが、流れ矢を喰《く》らうこともあるし、数の差で周りを囲まれてしまえば助からない。

そして籠城《ろうじょう》戦は、数に劣っているからこそであった。

数が多いか、同数なれば、地の利を持つ攻められた側が野戦で優位に立てる。籠城戦は敵中に孤立しているも同然であり、やるだけで不利なのだ。

そんななかで疋田文五郎も神後宗治も安全な城内ではなく守る壁もない城外で、数で優《まさ》る敵を迎え撃った。

「我らが抜かれれば、城は落ちる」

そうしてはならないと決死で戦った。

「守ることを覚えたのも大きい」

二人の太刀筋を見ながら、上泉信綱が満足げに笑った。若いうちは勝つことしか見ず、攻めればいいと思いがちになる。その逸《はや》りが落ち着いていた。

「ちぇああ」

「なんの」

疋田文五郎の突き出した太刀が、神後宗治の太刀に防がれた。

「それまで」

上泉信綱が試合の終了を宣した。

太刀はぶつければゆがむ。下手をすれば折れる。その場で折れてくれればいいが、目に見えない傷を作っていたことに気づかず、後日折れることもある。戦いの最中《さなか》に剣が折れるのは敗北、すなわち死を意味した。

「……はっ」

「はい」

二人が互いを見てから離れた。稽古は終わったと安心したところを襲われないようにするためであった。

「もとの位置に戻って、太刀を仕舞え」

上泉信綱が続けて指示を出した。これも不意討ちに対する心構えであった。

「文五郎、足が軽い。ゆえに突き出した太刀に威がなく、届かなんだ。伊豆、少し間合いを詰めすぎじゃ。五寸（約十五センチメートル）ほど退いておれば、文五郎の突きを受けずともすんだ」

「かたじけのうございまする」

「心いたしまする」

師の諭しに弟子二人が頭を下げた。

三

「お見事」

三人が出す気合い声で気づいたのか、神職が一人近づいてきた。

「お邪魔をいたした」

「いえいえ。長く奉納稽古もおこなわれておりませぬ。久しぶりに身が引き締まる思いをさせていただきましてございまする」

上泉信綱の詫《わ》びに神職が手を振った。

「わたくしは諏訪大社の禰宜《ねぎ》を務めまする須島《すしま》と申す者」

「上泉武蔵守《むさしのかみ》でござる。これらは弟子」

名乗りに返して、上泉信綱が疋田文五郎と神後宗治を紹介した。

「おおっ、あのご高名な上泉武蔵守さまでございましたか」

須島と名乗った神職が驚いた。

「ご心願でございまするか」

「心願と言えるかどうか。学んできた剣の道をさらに進めたいと思い、長野家を退身いたしましたので、旅の始まりに諏訪の神さまにお祈りをいたそうと、やって参りました」

「長野さまを離れられたと……」

須島が目を剝《む》いた。

「では、どちらかへお仕えに」

「そのつもりはございませぬ」

問うた須島に、上泉信綱が首を横に振った。

「なぜでございましょう。長野家にその人ありと勇名を誇る武蔵守さまともなれば、どこの大名家でも高禄《こうろく》で迎えてくれましょうに」

須島が首をかしげた。

「戦場働きに、己の限界を知りましてござる」

上泉信綱が力なく首を左右に振った。

「限界と仰せられまするると」

「戦は数で決まりまする。一人の武勇でできることは、局面の一つを少し遅らせるていどでしかございませぬ」

怪訝《けげん》な顔をした須島に、上泉信綱が答えた。

「数がすべてならば、失礼ながら河越城《かわごえじょう》の戦いは、上杉《うえすぎ》さまの勝利になっているはずではございませんか」

須島が疑問を呈した。

後北条氏と扇《おうぎ》ガ谷《やつ》上杉家の全面対決になった武蔵河越城の戦いは、三千の籠城兵と八万近い扇ガ谷上杉家、山内《やまのうち》上杉家、その他の国人領主からなる連合軍の勝負でもあった。

数だけでいけば、どれほど河越城が要害であろうとも、二十倍以上という大軍は支えきれない。あっさりと勝負が付いて当然の戦いであった。

「数というのは、戦う気のある者の数。烏合《うごう》の衆は勘定には入れませぬ」

上泉信綱が条件があるのだと述べた。

「わたくしも河越城の戦いに参じましたが、八万の軍勢は一つではございませなんだ。河越城は扇ガ谷上杉家が北条に奪われた城。それを取り返すために起こした戦ではございましたが、扇ガ谷上杉家と山内上杉家は同族でありながら、関東管領《かんれい》の座を争って仲違《なかたが》いを繰り返してきた間柄。今回同じ陣中に集まったのは、北条氏の台頭を抑えるため。敵同士が、新たに出てきた別の敵に立ち向かうために、一時《いっとき》集まっただけ。まさに同床異夢《どうしょういむ》。扇ガ谷上杉家はできるだけ自家の兵を死なせないようにする。山内上杉家は戦後の扇ガ谷上杉家との抗争を考えて、少しでも被害を避け、できるだけ扇ガ谷上杉家の兵を使おうとする。両家の威圧に駆り出された国人領主たちもこんなところで死にたくはない。対して北条の方は、戦わねば死ぬ。必死になる。死兵とやる気のない兵では、とても勝負できる状況ではなかったのでござる」

「さようでございましたか」

河越城の戦いは北条氏の強さを関東に知らしめた。武蔵国と境を接している信濃国にも、合戦の結果くらいは伝わっていただろうが、詳細まではわかっていなかったのだろう。須島が感嘆した。

「もし、八万の兵の半分でも戦う気であれば、北条氏は武蔵国から放逐されたでしょう」

河越城は武蔵国の北部を制する重要な拠点であった。もし、大軍をもって城を囲み、数で押し潰せば、数日で落とせたはずである。それだけではない。河越城の城主、地黄八幡《じきはちまん》と武勇を謳《うた》われた北条一の勇将北条左衛門大夫《さえもんのたいふ》綱成《つなしげ》を討ち果たせた。

関東管領自ら武勇を見せる。

そうなれば、関東で北条に従っていた国人領主たちの旗もふたたび翻《ひるがえ》る。国人領主たちは、北条に名分があるから与《くみ》しているわけではなく、単に関東管領の上杉と北条ではどちらが強いかで属する相手を決めているだけなのだ。関東管領であった上杉家が扇ガ谷、山内と二つに割れ、相争うことで力を落とし、北条につけいられた。それが変われば、もともと関東の武士は上杉家の指揮を受ける決まりだけに、状況は一変したはずだった。

「戦う気のない者は、邪魔なだけでござれば」

上泉信綱がため息を吐いた。

「さて、参ろうか」

参拝も終えた。奉納稽古もした。諏訪でやることは終わったと上泉信綱が、疋田文五郎と神後宗治に声をかけた。

「お待ちあれ。今少しお話も伺いたいゆえ、当社にご逗留《とうりゅう》いただけませぬか」

須島が上泉信綱に滞在を求めた。

「いや、ご迷惑になりますれば」

「とんでもない。高名な武蔵守さまがお出《い》でと知れば、この付近の者どもも喜びましょう。是非一手と願う者もおりましょう。厚かましいお願いとは存じまするが、なにとぞ」

頭を垂れて須島が頼んだ。

「…………」

上泉信綱が難しい顔をした。

「なによりもわたくしめに、戦陣譚《たん》などをお聞かせいただけませぬか」

須島が上泉信綱を見上げるように願った。

「禰宜どのに戦陣のお話を……」

怪訝な表情を上泉信綱が浮かべた。

「普段は神事と社の維持、参拝者の世話をおこなっておりまするが、いざというときは諏訪家の者として槍を担いで駆《か》けますれば」

神官と武士の掛け持ちだと須島が答えた。

「なるほど。さすがは武神を祀《まつ》られる大社のお方だ」

　上泉信綱が感心した。

「急がれるご予定でも」

「別段ございませぬが……」

　訊《き》かれた上泉信綱が困惑した。

　牢人《ろうにん》という者は、なにかを目的として生きてはいない。なんとか世すぎをしながら、仕官先を探すのが仕事のようなものであり、上泉信綱のように剣の修行のために主家を退身した者は少なかった。

「では、この後のご予定はないと」

「ないわけではございませぬ」

　身を乗り出した須島に上泉信綱が首を横に振った。もし用はないと認めれば、このまま滞在を強要されると感じたからであった。

「どのような」

「剣術というものは、武神への階《きざはし》を登る修行でございまする。そのために諸国の神社を訪ねて参ろうかと」

「鹿島神宮《かしまじんぐう》さまに行かれまするか」

　須島が目を輝かせた。

「いずれはというか、満願は鹿島神宮にてと思ってはおりまするが、まずは尾張《おわり》の熱田《あつた》神宮へお参りをいたし、その後国中の神を従えておられる伊勢《いせ》神宮、修行道場でもある熊野《くまの》神社、我ら陰流の祖愛洲《あいす》移香斎《いこうさい》さまの郷《さと》の五カ所を経て、京へ上り、鞍馬《くらま》寺、愛宕《あたご》神社、西へ出向いて宇佐《うさ》神宮と当座考えておりまする」

予定を上泉信綱が語った。

「では、数日でけっこうでございますれば、是非に当社にてご滞在をいただきますよう」

熱心に須島が言った。

「そこまでおっしゃるならば」

上泉信綱が首肯《しゅこう》した。

四

諏訪大社から少し歩いたところに須島の館《やかた》はあった。

「ここはもともと神人がご奉仕をするために寝泊まりしていたところで、なにもございませぬが、広さだけは十分にございまする。どうぞ、吾《わ》が家と思われておくつろぎくださいますよう」

須島は、上泉信綱と弟子二人に大きな板の間を提供した。

「遠慮なく」

上泉信綱が代表して須島へ礼を述べた。

「厠はこちらの突き当たりに、井戸は、その角を曲がってまっすぐ行っていただいた台所にございまする。畏《おそ》れ入りまするが、お身拭いのときは台所から出て、外でお願いいたしまする」

「ごていねいに」

須島の説明に、上泉信綱がうなずいた。

「では、わたくしは食事の用意をいたして参りまする」

そそくさと須島が出ていった。

「どこへ行ったことやら」

須島の姿が見えなくなったところで、上泉信綱が呟《つぶや》いた。

「師よ、どういうことでございましょうや」

神後宗治が驚いた。

「儂がここにおることを、誰かに注進するのだろう」

「なぜそのような……」

訊きかけた疋田文五郎が顔色を変えた。

「おそらくは武田であろうがの。さきほど鹿島に行くといったときに須島が目を輝かせたであろう。ここから鹿島に行くとなると武田の領土により深く入りこむ。そのことを歓迎したのだ」

「武田が師になにを。報復でございますか」

「いいや、まずは儂に随臣を求めてこよう」

問うた疋田文五郎に、上泉信綱が首を横に振った。

「箕輪城攻めのためでございますな」

神後宗治が苦い顔をした。

退身してきたとはいえ、一族もいるし、思い出もある。

「他には、長野家家中のことを訊いてくるだろうな。誰が信濃守さまに不満を抱いているかとかをの」

「では、武田の者が来る前に去ったほうが……」

疋田文五郎が脱出を勧めた。

「儂がまだ長野家に籍を置いているならば、逃げる。だが、今は一介の剣術遣いでしかない。剣術遣いが武者修行をするのは……いいや、武者修行できるのは、その地の大名や国人領主たちに招かれて技を見せ、一夜の宿と草鞋銭《わらじぜに》をもらうからだ。いかに剣術遣いの修行であるとはいえ、野に伏し、草木を噛んでばかりでは生きていけぬ」

上泉信綱が疋田文五郎の勧めに首を左右に振った。

「ですが……」

「逃げてばかりでどうなる。武田だけではないぞ。北条も越後《えちご》の上杉も箕輪の城を狙《ねら》っておろう。他にも長野家を狙っている者はおるだろう。そのすべてを避けていては、道も歩けまい」

まだ納得できない疋田文五郎に、上泉信綱が語った。

「師よ。もし、武田大膳大夫さまから随臣を求められたならば、どうなさるおつもりでございましょう」

神後宗治が尋ねた。

「断るしかない。儂は戦に倦《う》んだ。ただ目の前に現れる人を討つことが嫌になった。ゆえに、長野の家を離れた。今更、誰であろうが、仕えるつもりはない」

上泉信綱が断言した。

「ただし、これは儂の考え、そなたたちには強要せぬ。仕えたいと思ったときは、遠慮なく申せ。二人はまだまだ若い。これから将として天下に名を知らしめることもできよう」

「師と離れるなど……」

見捨てられると思った疋田文五郎が上泉信綱の言葉に顔色を変え、

「そのように」

静かに神後宗治は頭を垂れた。


須島は馬を奔《はし》らせて、高島《たかしま》城の諏訪郡代《ぐんだい》長坂《ながさか》釣《ちょう》閑斎《かんさい》光堅《みつかた》のもとへと急いだ。

諏訪頼重が武田信玄によって討たれて以降、諏訪郡は武田から送りこまれた郡代の支配を受けている。長坂釣閑斎は、その三代目であった。

「どうした、すでに日が暮れかけているぞ」

須島の求めに応じて面会を許した長坂釣閑斎が咎《とが》めるような口調で問うた。

夜とは言わないが、そろそろ日没になる。この時分に前触れも出さず、駆けこんでくるなど、よほどのことでもない限り、許されるものではなかった。

「不意のことご寛恕《かんじょ》願いまする。さきほど当社に上泉武蔵守どのがお参りになりましてございまする」

「なにっ、武蔵守がか」

五十歳になった老練な武将が、思わず愕《おどろ》きの声をあげた。

「なにをしにきた。いや、ただの参拝か」

諏訪大社は信濃国だけでなく、全国にその信者を持つ。近隣諸国からも五穀豊穣、武運長久を願って人が集まる。なかには大名家の代理として来る者もいた。

「それが……」

須島が上泉信綱との会話を、そのまま長坂釣閑斎へ伝えた。

「長野家を退身した……まちがいないのだな」

「はい。剣術修行のため諸国行脚《あんぎゃ》をおこなうにあたり、当社にまず立ち寄られたとのこと」

誇らしげに須島が述べた。

「まことに、まことに牢人になったのだな」

「そのように申しておりました」

確認をする長坂釣閑斎に須島がうなずいた。

「なれば、急ぎ殿へお報《しら》せせねばならぬ。武蔵守を武田に仕えさせることができれば、箕輪城は落ちたも同然」

長坂釣閑斎が笑った。

「箕輪城の欠点を知るのも大事だが、なにより長野家に忠誠を尽くしてきた上泉武蔵守が、退身したというのは大きい。武蔵守が武田へ鞍替《くらが》えしたとあれば、長野家に与する者たちも動揺しよう」

勇将、猛将の多い武田家において、長坂釣閑斎は謀略《ぼうりゃく》で滅ぼしたに近い諏訪を押さえられる数少ない人材である。

その長坂釣閑斎が興奮していた。

「これで上野も武田のものになるわ」

長坂釣閑斎が歓喜した。

「須島、武蔵守は留《とど》めてあるな」

「はい。近隣の者に剣術を指南していただきたいとお願いいたし、快諾を得ました」

実際はかなり渋られたのだが、それを口にするのはまずい。須島の交渉能力に疑問符が付くことになりかねなかった。

「よくやった」

長坂釣閑斎が褒《ほ》めた。

「こちらにご案内せずともよろしゅうございまするか」

高島城へ連れてきたほうがよいのではないかと、須島が訊いた。

「なぜじゃ」

長坂釣閑斎が首をかしげた。

「当社の社殿、社務所などの建物が……」

「傷んでおると申すか」

「恥ずかしながら、雨漏りと壁の破れからの風が……」

須島がおそるおそる言った。

諏訪は冬になれば、湖面が凍って歩いて渡れるほど冷えた。当然雪も多い。檜皮葺《ひわだぶ》きの屋根は雪に弱く、その重みでたわんでしまい、隙間を作ってしまう。社は式年遷宮《せんぐう》をして建て直すとはいえ、普段の手入れも重要である。しかし、諏訪氏の衰退とともに、寄進は減り、手入れをするだけの余裕がなくなっていた。

「わかった。武蔵守が武田に仕えてくれたならば、そなたの功績とし、社の修繕を約束しよう。もちろんそなたにも報いる」

「かたじけなき仰せ」

須島が礼を述べた。

「とはいえ、いきなり城へ連れてくるのは難しかろう。武蔵守は武田に敵対していたのだ。城へ連れこんでは、包み囲んで討伐すると誤解されかねぬ」

長坂釣閑斎が首を横に振った。

「殿のご返事を待たねばならぬが、儂が武蔵守を訪れるまでは、そちらで応接をしてくれるように」

「承知をいたしましてございまする」

須島が引き受けた。

「それについて、いささか米を融通《ゆうずう》いただきたく」

「……米もないのか」

須島の要求に、長坂釣閑斎があきれた。

「余裕までは……」

上泉信綱一行の米はないと須島が首を左右に振った。

「わかった。一俵送る」

戦続きで武田にも余っている米などない。苦い顔で長坂釣閑斎が援助を認めた。


結局、夕餉《ゆうげ》までに須島は戻ってこなかった。

「なにもございませぬが……」

須島から上泉信綱たちの接待を言いつけられていた神官が、五分づきの米を握り飯にしたものと糠《ぬか》味噌汁《みそじる》、菜の漬け物を三人の前に置いた。

「いえ、かたじけなし」

上泉信綱が代表して謝意を示した。

「いただこう」

神官がいなくなるのを待って、上泉信綱が二人の弟子に告げた。

「…………」

食事は無言で摂《と》るのが武家の作法になる。三人はあっという間に出された物を平らげた。

「足りぬ」

若い疋田文五郎が文句を言った。

「いただけるだけでもありがたいことぞ」

上泉信綱が叱る前に、神後宗治が疋田文五郎をたしなめた。

武家は戦う者だけに飯をよく食う。一日二度の食事で五合は腹に入れる。一人当たり拳《こぶし》大の握り飯三つでは、足りなかった。

「わかっておりまするが……」

疋田文五郎が小声で不満を漏らした。

「剣術修行だからこそ、食いものをいただける。これが旅の宿を求めただけならば、飯など一切もらえぬのだ」

上泉信綱が疋田文五郎を見つめた。

乱世の旅人は行商人でもなければ、まずいなかった。村に利のある行商人でもない旅人が、野宿を避けたいならば、庄屋の家にでも頼みこむしかない。

当然、見も知らぬ旅人を受け入れてくれるところは少ない。いつ強盗に豹変《ひょうへん》するかわからないのだ。

「厩《うまや》でよければ……」

「空き家があるので、そちらで」

泊めてくれればまだいい。それこそ、戦場で拾った錆《さ》びた槍を突きつけられて、

「村から出ていけ」

と追い出されるのが普通である。

それどころか、身ぐるみ剝がされるときもある。

このどれをとっても、食事などは出てこなかった。

しかし、剣術を含めた武芸修行の旅は違った。さすがに武芸を求めていない村などでは、普通の旅人と同じ扱いを受けるが、武士たちの技量向上を考えている国人領主や武者修行の旅で得た知識見聞を訊きたがる寺社などは、歓迎してくれた。

用がすむまでの間の寝食を賄《まかな》ってくれ、旅立つときは幾ばくかの餞別《せんべつ》もくれる。

「社の状況から見て、精一杯の待遇じゃ。決して不満を面《おもて》に出すな」

「申しわけございませぬ」

注意された疋田文五郎が頭を垂れた。

「さて、他にすることもなし。休めるときに休んでおこう」

上泉信綱が柱に背を預けて、目を閉じた。

「なれば、まずは拙者が見張りをいたそう」

神後宗治が最初の寝ずの番を買って出た。

「二刻《ふたとき》（約四時間）経てば、起こす」

「承知いたしました」

疋田文五郎が首を縦に振った。

泊まらせてくれたとはいえ、ここが安全とは限らなかった。旅の武芸者を襲い、持っているものを奪おうと考える野盗や、歓迎する振りをしながら豹変する国人領主もいる。

さすがに諏訪大社の神官が裏切るとは思えないが、ここは武田の支配地で敵地に近い。

「あの上泉武蔵守が諏訪大社に来ておるそうじゃ」

「叔父《おじ》の仇《かたき》め」

「武蔵守の首を獲《と》って、武田の殿さまへお届けすればご褒美《ほうび》をいただけよう」

復讐《ふくしゅう》や手柄を目的に、寝込みを襲う者も出てくる。

すでに上泉信綱たちがここにいることは、諏訪大社の神人たちには知れている。口止めが利くと安心できるほど、乱世は甘くなかった。

幸い、一夜は無事に明けた。

「おはようございまする。所用のため昨日は中座をいたしましたことをお詫びいたしまする」

朝餉の膳《ぜん》を掲げた神官を伴って須島が挨拶《あいさつ》をしに入ってきた。

「いえ、お世話になり申した」

上泉信綱が返礼した。

「早速でございますが、朝餉の後、神人のなかで稽古を望む者にご指南をいただきたく」

「承知いたしましてござる」

須島の要望に上泉信綱がうなずいた。

「では、用意ができましたら、声をかけさせていただきまする」

一礼して須島が下がっていった。

「朝は炊きたての飯でござる。それもお櫃《ひつ》に一杯……」

疋田文五郎が喜んだ。

「……どこで手配してきたのやら」

上泉信綱が七分づきにされた飯に苦笑いを浮かべた。

一国の大名でも白米を喰うことはあまりなかった。玄米は白米に比して、嚙みごたえがあり、腹持ちもいい。上泉信綱が大胡《おおご》城主であったときでも飯は五分づきであり、七分づきなど正月でもなければ、まず出ない。その七分づきが出てきたことで、食料の追加があったなと上泉信綱は読んだ。

「となれば、いつ来るかだ」

「いかがなさいました」

上泉信綱の独り言を聞き取った神後宗治が箸《はし》を止めた。

「いや、ここは武田の領地だということよ。まあ、すでに儂も剣の道に身を置いた世捨て人じゃ。世俗のことなど気にせずともよい」

上泉信綱がなんでもないかのように言った。

「武田が師を討ち果たしに参ることはございませぬか」

「ないとは言わぬ。まあ、そこまで大膳大夫どのは愚かではなかろうよ。気にするな。いざとなれば戦うだけじゃ」

心配する神後宗治に上泉信綱が首を横に振った。

「……馳走《ちそう》であった」

しっかりお櫃のなかを空にして、朝餉は終了した。

「すぐに動けば、腹が痛くなる。しばし、休む」

上泉信綱が横になった。

「寝るでないぞ。寝てしまえば、筋が動きにくくなる。起きてすぐ全力が出せるよう、目を覚ましておけ」

細かい注意を与えながら、上泉信綱が気配を探った。

「人が集まってきたようじゃ。殺気のある者はおらぬの」

上泉信綱が息を吐いた。

「では、お稽古を」

「承知。では、まず皆で木刀を振ってみてくれるように。上から下へ力を入れての」

須島に頼まれて、上泉信綱が集まった神人たちの稽古を始めた。

「……ほう。さすがは武神を祀る社の方々じゃ。しっかり足腰ができておるわ」

上泉信綱が感心した。

「社の者どもは、大祝の命で戦に出ることもございますれば」

誇らしげに須島が胸を張った。

「なるほど。それででござるか。では、陰流の手本を見せましょうぞ。文五郎」

「はっ」

指名された疋田文五郎が前に出た。

いきなり木刀で叩き合うわけにもいかない。木刀とはいえ、当たりどころによっては怪我《けが》をする。下手を打てば死ぬ。

上泉信綱はまず基本の型を身につけさせるため、毎日同じ素振りを繰り返させた。

「そろそろ素振りにも飽きたころじゃ。試合させてみるかの」

五日目、上泉信綱が型稽古ではなく、稽古試合をしようと言った。

型稽古は基本だが、繰り返すだけで変化がない。腕をどうしろ、足をどこへなどと細かい指導はあっても、やっていることは同じである。人は同じことを繰り返すと集中しなくなる。その雰囲気《ふんいき》を見て取った上泉信綱が、稽古を繰りあげた。

きっちりとした誓紙《せいし》を交わし、正式な弟子になった者には、型ができるまで決して許さないが、ここにいる者は客でしかない。型ができるまでやらせれば二年はかかる。天性の素質を持つ神後宗治、疋田文五郎でさえ一年間は、型ばかりだった。

言うまでもなく、神人たちには早すぎるが、それまで上泉信綱はここにいるわけではない。できるだけ早く次のところへ行きたいのだ。

なにより、下手な者の相手を続けていると、技が落ちた。

慣れていない者に合わせてやらなければならず、五分の力、八分の術と力を抜くこととなり、それが当たり前の感覚として身体に染《し》みつく。

剣術は己より達者な者としてこそ、腕があがる。片手間で戦に駆り出されるていどの者たちでは、上泉信綱はもとより、二人の弟子にとっても百害あって一利なしであった。

「あと少し」

旅立ちの話をするたびに引き留める須島の思惑《おもわく》も透けて見えていた。須島はまちがいなく諏訪の代官と上泉信綱を会わせようとしている。

「反応も鈍い」

上泉信綱が諏訪大社に寄宿して六日目になる。諏訪の代官が高島城にいるのか、それとも用で甲斐に帰って留守にしているのかは知らないが、あからさまな足留めを喰らっているのはおもしろくなかった。

「十分待ってやった」

剣術修行の者として、土地の領主からの誘いを受けるのは当然であるとわかっていればこその滞在である。もちろん、それは領主側にも言える。会いたいのならば、すぐに使者を立てて招くのが礼儀であった。六日経っても反応がないということは、上泉信綱に興味がないと考えて、この地を離れても無礼と咎められる謂《い》われはない。

上泉信綱は近いうちに諏訪を離れる決心をしていた。

「稽古中、邪魔をいたす」

だが、上泉信綱の考えを邪魔するように鳥居まで騎馬で乗りつけた初老の武将が、上泉信綱に声をかけた。

「拙者、武田家で諏訪郡代を仰せつかっておる長坂釣閑斎と申す者。上泉武蔵守どのであるな」

「いかにも」

とっくに長坂釣閑斎の接近に気づいていた上泉信綱が動揺もなく認めた。

「我が主、大膳大夫が武蔵守どのをお招きしたいと申しておりまする。躑躅ケ崎館《つつじがさきやかた》までご足労願いたい」

長坂釣閑斎が慇懃《いんぎん》に上泉信綱を甲斐へと招いた。

第五章　甲斐の将星

一

長坂釣閑斎光堅《ながさかちょうかんさいみつかた》は、武田大膳大夫晴信《たけだだいぜんのだいぶはるのぶ》の乳兄弟《ちきょうだい》である。母が武田晴信の乳母《うば》を務めたことで早くから信頼を得ていた。

ただ、武田晴信と父信虎《のぶとら》の仲が悪かった頃は、とても一廉《ひとかど》の武将とはいえない扱いであったが、晴信が武田の家督を継ぐと重用され、今では信濃《しなの》攻略の要《かなめ》である諏訪《すわ》郡の代官を務めるまでになっていた。

その長坂釣閑斎が、わざわざ出向いて上泉武蔵守信綱《かみいずみむさしのかみのぶつな》を迎えた。

「主《あるじ》大膳大夫にお会いいただきたい」

「武者修行中でござれば……」

最初、上泉信綱は長坂釣閑斎の求めを断った。長坂釣閑斎の意図、いや、武田大膳大夫晴信の意図が透けて見えていたからである。

長野《ながの》信濃守業政《なりまさ》の死をもって退身したとはいえ、上泉信綱は長野家の守護神ともいうべき忠勇の士であった。

武田家の侵攻だけでなく、長野家に敵対した者たちとの戦いでは、大きな戦功をいくつも立てている。名将長野業政が箕輪《みのわ》城と上州《じょうしゅう》の大部分を維持できたのも、上泉信綱の武力が一助になったことは確かであった。

その上泉信綱が長野家を離れた。

自らが編み出した新陰《しんかげ》流をさらに昇華させ、天下に広めるという理由ではあるが、それをそのまま受け入れた者は少なかった。

「長野家と運命をともにする気はないとの表れ」

「ご当代どのが仕えるに値しないと見限った」

「厚待遇で武田家に誘われた」

いろいろな噂《うわさ》が飛んでおり、それを上泉信綱も知っている。そんななか、武田家の誘いで甲府《こうふ》の躑躅《つつじ》ケ崎《が》館《さきやかた》まで出向き、武田晴信と会ったとなれば、大騒動になる。

「やはり長野家の跡継ぎ業盛《なりもり》は頼るに足りぬ人物らしい」

「箕輪城の隅から隅まで知る上泉武蔵守が武田に仕えたとなれば、城は保《も》つまい」

「ここは早めに武田へ鞍替《くらが》えすべきであるな」

知将としても知られた長野業政の能力にまとめられていた上州一帯なのだ。その業政の死で皆が動揺している。そこへこの噂が流れれば、どうなるかは火を見るよりも明らかであった。

自立できるほどの勢力を持たない国人《こくじん》領主は、もともと生き残るために長野家に与《くみ》している。その長野が危ないとなれば、新たな寄る辺を探すのは当然で、止めようはない。

噂だけで長野氏は滅びる。

「鹿島《かしま》には出向かれましょうや」

拒んだ上泉信綱に長坂釣閑斎が問うた。

「吾《わ》が師松本備前守《まつもとびぜんのかみ》さまが開眼《かいげん》された鹿島大明神さまには、いずれ額《ぬか》ずきたいと考えておりまする」

剣術の発祥は、南北朝時代の人念阿弥慈恩《ねんあみじおん》だとされている。父親の敵討ちのために剣を修行した念阿弥慈恩は悲願を達成した後、復讐《ふくしゅう》とはいえ人を斬《き》り殺したことを悔やみ、以降、人を殺さずに抑えこむための技であると、諸国を巡って剣術を教えたという。

その念阿弥慈恩の弟子たちが、後に二階堂《にかいどう》流、念《ねん》流、陰《かげ》流、富田《とだ》流、中条《ちゅうじょう》流などを生み出し、天下に剣術が広まった。

なかでも念阿弥慈恩も参籠《さんろう》した鹿島神宮は、武神武甕槌《たけみかづち》を祀《まつ》っていることもあり、極意を得たいと多くの武者修行者が参集していた。

かつて上泉信綱も家督を継ぐ前に、松本備前守の指導を受けるべく鹿島神宮を訪れていた。

「では、その途中で甲府へお立ち寄りいただきたく」

こっちは折れたぞと、長坂釣閑斎が条件を出した。

「甲府を経てでござるか」

諏訪から鹿島へは、東へ向かってまっすぐ進めばいい。しかし、甲府に寄るとなれば、一度南東へ向かってから、北東へと進む形となる。さらにいずれと言った上泉信綱の逃げも塞がれた。

「……承知いたしましてござる」

これ以上拒むのは、武田家を敵にすることとなる。

そもそも武者修行をする武芸者は、大名や裕福な国人領主の庇護《ひご》や援助を受けて廻国《かいこく》している。宿や食事の提供から、餞別《せんべつ》の金銭まで頼ることで生きている。一介の牢人《ろうにん》となった以上、武田家は嫌だというわけにはいかなかった。

「ただし、武者修行の身でござれば、寺社仏閣があれば参拝し奉納稽古をいたしまするが、よろしいな」

まっすぐ甲府へ向かうわけにはいかないと上泉信綱も条件を付けた。そうでもしないと、上州の揺れが大きくなりすぎるからであった。

「けっこうでござる。その代わり、当家の者をお連れくださされ」

長坂釣閑斎がさらに条件を加えた。

「見張りでございますか」

上泉武蔵守が苦笑した。

「いえ、ただ甲州《こうしゅう》へお入りになられるならば、道案内のお役に立てましょう」

「道案内でございまするか」

「はい」

皮肉げな顔をして見せた上泉信綱に、長坂釣閑斎が平然とうなずいた。

「承知いたしましてござる。では、明日、諏訪を離れまする」

「ずいぶんとお急ぎになられまするな。是非、高島城《たかしま》へお見えいただき、一献《いっこん》差しあげたいと思いまするが」

明日、出立《しゅったつ》に間に合わなければ、見張りは置いていくぞと暗に言った上泉信綱に、長坂釣閑斎が逃がさぬぞと誘った。

「いえ、修行中なれば、酒は遠慮いたしまする」

上泉信綱が首を横に振った。

「では、明日」

一礼して、上泉信綱は弟子二人を連れて長坂釣閑斎と別れた。

「師、よろしかったのでございまするか」

神後宗治《じんごむねはる》が不快を面《おもて》に見せた。

「修行中の武芸者に、枠を嵌《は》めようなど……」

甥《おい》で弟子になる疋田文五郎《ひきたぶんごろう》も不満を口にした。

「落ち着かぬか」

上泉信綱が感情を露《あら》わにした弟子二人をたしなめた。

「たしかに行き先を決められるのは心に沿わぬが、断っては危ない」

「危ないとはいかなることでございましょう」

「たとえ武田の兵が襲い来ようとも我らもおりまする。五十ほどなれば、蹴散らせまする」

疋田文五郎と神後宗治が抗《あらが》うべきだと言った。

「五十が弓と槍《やり》であればどうする」

上泉信綱が弟子二人を諭すように続けた。

「槍ならば、三人は敵ではない。五人でもどうにかできよう。だが、そこに飛び道具が加われば……」

静かに上泉信綱が首を横に振った。

「わたくしが師の盾となりまする」

神後宗治が矢を届かせぬと胸を張った。

「命を粗末にするな」

上泉信綱が声を荒らげた。

「戦ならば、命をかけねばならぬ。負ければ、すべてを失うからの。だが、今回は違う。逃げたところで、失うものは少ない。吾《われ》が武田の力を怖《おそ》れたという評判だけですむ」

「それこそ、よくはございませぬ。師のお名前は天下に並ぶものなし。そのお名前に武田ごときが傷を付けるなど」

疋田文五郎が興奮した。

「たわけがっ」

上泉信綱が疋田文五郎を叱りつけた。

「そなたはなにを心得違いしておるのだ。いや、今までなにをしてきた。戦をそなたは遊びの場だと思っておったのか」

「…………」

師の怒気を浴びせられた疋田文五郎はもとより、神後宗治もなにも言えなくなった。

「一所懸命が武士の本懐である。土地を、領地を守るために命をかける。これは当然であり、褒《ほ》められてしかるべきである。その土地があれば、子々孫々まで生きていけるからの。民や妻子を守るために戦うからこそ、武家は尊ばれる。だが、我らはなんだ。我ら武者修行者に土地はあるか」

「……ございませぬ」

疋田文五郎が小声で答えた。

「であろう。我らは武士ではない。牢人じゃ。牢人には命をかけるだけのものはない。ああ、新たに仕官をしたいのならば別だ。目立つ働きをせねばならぬゆえ、無茶をすることもある」

上泉信綱が続けた。

「我らは武芸者だ。剣を極めるために修行をいたしておる。そんな我らに守るほどの名があるか。こんなところで意地を見せて、三人とも討たれてみよ。それこそ後世の笑いものじゃ。いや、笑いものになるならばまだいい。まちがいなく、我らの名前は後世に伝わらぬ。名もなき死者として、野辺に骸《むくろ》を晒《さら》すだけぞ」

そこで一度上泉信綱が言葉を切った。

「先日も問うたが、再び問おう。剣を学ぶのはなぜか。武士ならば、いかにうまく、早く敵を屠《ほふ》るかを身につけるためである。では、仕える主も領土も失った我ら武芸者はなんのために剣術を学ぶのだ」

上泉信綱が二人の弟子に問うた。

疋田文五郎が最初に答えた。

「技を磨くためでございまする」

「技を磨いてどうすると」

重ねて問うた上泉信綱に、疋田文五郎が告げた。

「名人上手と言われ、名をあげるためでございまする」

「そうか……そなたはどうだ」

上泉信綱が神後宗治に顔を向けた。

「……強さを求めるためでしょうか」

神後宗治がためらいながら口にした。

「ふむ」

小さく上泉信綱が唸《うな》った。

「人は一人一人違う。吾と同じ考えである意味はないが……」

少し困ったような顔を上泉信綱が浮かべた。

「吾の考えを少し話そう。とはいえ、ここでの立ち話ともいかぬ。神社で落ち着いてからにいたそう」

「はっ」

「はい」

上泉信綱の言葉に、神後宗治と疋田文五郎が首肯した。

二

長坂釣閑斎に上泉信綱たちのことを報《しら》せたことが気まずいのか、須島《すしま》と名乗った諏訪大社の神官は顔を出さなかった。

それでも夕餉《ゆうげ》はしっかりと用意してくれる。

「諏訪は武田のなかに居所を定めたようだ」

夕餉の飯を喰《く》いながら、上泉信綱が独りごちた。

「いよいよ、箕輪も保つまい」

上泉信綱が辛《つら》そうに漏らしたのを、弟子たちは聞き逃さなかった。

「師よ。長野家が滅びると」

「…………」

箸《はし》を止めて、神後宗治が訊《き》き、疋田文五郎が耳を傾けた。

「滅びよう」

上泉信綱が断言した。

「当代の信濃守さまも武勇で鳴らしたお方でございまするが」

神後宗治が疑問を口にした。

「武で城は守れぬ」

ゆっくりと上泉信綱が首を横に振った。

長野信濃守業盛は長兄吉業《よしなり》が河越《かわごえ》城の戦いでの戦傷がもとで死去した後を受けて、跡継ぎとなった。

「鍛えてやってくれ」

長野業政の頼みで、上泉信綱は業盛へ武術の稽古を付けてきた。本人の努力もあり、業盛は槍、刀ではかなりの腕前となっていた。

「城は人の和で保たせるのだ」

「和……」

疋田文五郎が怪訝《けげん》そうな顔をした。

「わからぬか。城を守りたいと将兵が思えば、そう簡単に落ちぬ。当たり前のことだな。城というのは、守るために造られたものだからだ。堀に土塁《どるい》、塀に城門、櫓《やぐら》と攻められたときに抵抗できるように考えられている。もちろん、力攻めで城門は破られるだろう。人と金を遣えば、堀を埋めることもできよう。だが、その損失は大きい。城を陥落させたが、将兵のほとんどが傷ついた、あるいは討ち死にしたでは無意味じゃ。攻めるために壊した城に少ない兵、それを周囲の大名や国人領主が見逃すか。ゆえに城攻めは余裕のある間に終わらせなければならぬ。だが、それも城兵が心を一つにして抗えば難しい」

上泉信綱が食後の白湯《さゆ》を口に含んだ。

「一歩前に踏み出せば、石落としができる。矢が当たりやすくなる。それがわかっていても踏み出せないのが人というものだ。だが、その恐怖も皆が一つになっているときは感じない。己が倒れても次が控えている。それだけで一歩どころか二歩、三歩踏み出せるのが人でもある」

「はい」

「たしかに」

神後宗治も疋田文五郎もうなずいた。

二人とも攻め寄せてくる敵から箕輪城を守り抜いた経験がある。そのときのことを思い出したのだ。

「されど、人が一つでないとき、踏み出すことはできなくなる。踏み出すどころか下がるのも人だ。死にたくない、敵に寝返って褒賞《ほうしょう》を得ようなどと考えた者がいれば、たちまち和は崩れ、城はただの箱になる」

上泉信綱が首を左右に振った。

「長野家を売る者が出ると」

まだ若い疋田文五郎が憤った。

「譜代の者は、戦が続く限りは裏切るまい。生まれたときから長野家に仕えてきたのだ。それ以外の主をいただくなど思いもよるまいからな。問題は国人領主どもよ。あれらは長野家に仕えているわけではない。長野家の力に庇護を求めておるだけじゃ。その庇護の代償として従っているに過ぎぬ、長野家に庇護するだけの力がないとわかれば、新たな傘を求めよう」

「なんと情けない。恩を感じぬのか」

「…………」

疋田文五郎は一層顔を赤くしたが、国人領主の出であった神後宗治は黙った。

「責めてはならぬ。それが国人領主というものだからだ。かくいう吾ももとは国人領主じゃ。二千貫あるかないかの領地しか持たない小さな家で、とてもこの乱世に独立を続けていけぬ。ゆえに長野家を頼った」

上泉信綱が疋田文五郎をなだめた。実際、上泉信綱の実家になる大胡《おおご》氏は、上州の有力国人であった横瀬《よこせ》氏に追われ、後に厩橋《まやばし》城を支配した長野氏を頼った。

「吾の実家は滅びた。こうなっては、意味がない。そうであろう」

「……はい」

少し悩んで疋田文五郎が首を縦に振った。

「家を継いでこそ、国人領主たり得る。先祖が営々と守ってきた土地を守る。これこそ国人領主の役目じゃ。そのためならなんでもしてみせる。表裏比興《ひきょう》の者とそしられようが、裏切り者と後ろ指をさされようが、家のためならばせねばならぬ」

「武田になびく者が出ると」

「だけではなかろうなあ。上杉《うえすぎ》にも北条《ほうじょう》にも流れよう」

確かめるような神後宗治に上泉信綱がため息を吐《つ》いた。

「なにより悪いのが……」

そこで上泉信綱が目を閉じた。

「……ただ武田なりに、今後は与力《よりき》いたしまするだけではすまぬのがな」

「鞍替えだけではないと言われまするか」

疋田文五郎が目を大きくした。

「昨日まで長野に付いていた者が、今日来てお味方仕《つかまつ》ると言って、信用できるか」

「……できませぬ」

上泉信綱に言われて、疋田文五郎が同意した。

「また、寄る辺を換える国人領主も、不安であろう。なにせ、先日まで敵対してきたのだ。ひょっとするとどこぞの戦場で殺し合った相手が、武田の重臣だったりしたかもしれぬ。受け入れる振りをしてだまし討ちに遭ったり、戦が終わってから本領安堵《あんど》の約束を破ってすべてを奪われるかもしれぬ。そうされぬには目立つだけの手柄が要る」

「戦の最中《さなか》に裏切る……」

「箕輪城や砦《とりで》のことを漏らす」

神後宗治と疋田文五郎が上泉信綱の話に、息を呑《の》んだ。

「そうなれば、城を守る和は破れる」

「国人領主に頼らずとは参りませぬか」

告げた上泉信綱に疋田文五郎が尋ねた。

「城は堅固なものほど、守るに人が要る。どれだけ高い櫓があろうとも、弓手《きゅうしゅ》がいなければ役に立たぬ。どれほど高い塀でも攻め手を阻む守兵がおらねば、いつか壊される。箕輪城を十分に使うには、相応の数がなければならぬ」

上泉信綱が否定した。

「…………」

さすがに縁の深かった長野家の滅亡を現実のものとして、師から言われるのは厳しい。二人の弟子が沈黙した。

「これも栄枯盛衰じゃ。朝廷の権威は廃《すた》れ、武家に実権は移った。その武家の立てた鎌倉《かまくら》の幕府はすでになく、室町《むろまち》の幕府ももう保つまい。次に出てくるのは誰《たれ》か。北条か、武田か、上杉か、あるいは別の誰かやもしれぬ。されど、それがなにほどのことである。我ら武芸者は天下がどうなろうとも、ただ修行あるのみよ」

「……はい」

「心いたしまする」

神後宗治と疋田文五郎が顔を上げた。

「さて、話がそれた。なんのために修行をするのか。吾の考えを今一度伝えておこう」

「はっ」

「伺いまする」

言った上泉信綱に神後宗治と疋田文五郎が、背筋を伸ばしつつ、目を伏せがちにして傾聴する姿勢を取った。

「吾が修行の目的は、生きるためである」

上泉信綱が宣した。

「いつ死ぬかわからぬ今なればこそ、死に抗うべきではないかと吾は思う。いつものように生きていただけながら、いきなり力をもって殺される。これほどの理不尽があろうか」

「ございませぬ」

すかさず神後宗治が応じた。

「まあ、先日までその理不尽を振るう側であった吾が言うのもな」

勝手なことだと上泉信綱が苦笑した。

「先代信濃守さまが亡くなられたとき、吾のなかでなにかが変わった」

上泉信綱にとって信濃守は長野業政だけであった。

「なんというか、しがらみが消えたというか、枠がなくなったのよ」

「それは、先ほどの武士でないとの……」

「だと思っておる」

神後宗治の指摘を上泉信綱が認めた。

「武士とは領地を守る者であると同時に、主を持つ者でもある。その主を失い、かなり昔に先祖伝来の土地も失っている。これはもう武士ではない。そう思った途端に、死ぬのが怖くなったわ」

上泉信綱が頰《ほお》をゆがめた。

「そして初めて知った。殺すと殺されるは紙一重であることをな」

「紙一重……」

疋田文五郎が繰り返した。

「武士にとって敵は殺すものだ。そこに躊躇《ちゅうちょ》があってはならぬ。泣いてわめこうが、命乞いをしようが、生かして帰すべきではない。今、目の前で小便を漏らして涙を流している相手に情けをかけたがため、明日、家が滅ぼされることもあるのだ」

「………」

二人の弟子がじっと耳を傾けた。

「ならば、武士でない者はどうだ。身を守ることはあっても、人を殺そうとする者は少ない」

そこで上泉信綱が溜《た》めを作った。

「……吾は気づいたのだ。人は殺さぬ、殺されぬのが当たり前であると。武士が異常なのだ」

「武士がおかしい……」

衝撃を受けた疋田文五郎が唖然《あぜん》とした。

「武士の最初を思い出せ」

「………」

上泉信綱に言われた弟子二人が怪訝な顔をした。

「本来、武士は荘園を警固する者として生まれた。荘園で穫《と》れた米を奪いにくる盗賊を打ち払うために、公家《くげ》が武士を作った。そう、武士は守る者だった。それがときとともに増長し、荘園を押領したり、近隣を侵略するようになった。こうして武士は守る者から殺す者、奪う者へと変化してしまった」

「むうう」

「それは……」

神後宗治が唸り、疋田文五郎が戸惑った。

「剣術も最初は守るための術であったはずじゃ。襲い来る者から吾が身を、荘園を守る。そのために武芸は生まれ、発達した。わかるか、本来武芸は人を殺すためのものではないのだ」

「剣は守るための技……」

「おおっ」

呑みこめていない疋田文五郎、感心した神後宗治とそれぞれの反応を見せた。

「吾は剣術を、慈恩師が願ったかつての姿に戻したいのだ」

上泉信綱が思いを語った。

「師よ、一つお伺いいたしてもよろしゅうございましょうや」

神後宗治が質問の許可を求めた。

「無論である。疑問があれば遠慮は要らぬ」

なんでも問うがいいと上泉信綱が認めた。

「なぜ新陰流となさったのでしょうか。昔に返すならば、ただ陰流でよいのではございませぬか」

当然の疑問を神後宗治が口にした。

学んできたものではなく、新たな流派の名前を名乗る。それは、より上のものとの表現であり、流祖として己の名前を高めるためである。しかし、上泉信綱は名声を求めないと言ったのだ。なれば、新しい名前は不要なはずであった。

「今の陰流は、表になってしまっている」

「表……」

「そうじゃ。武芸はいつのまにか守が陰、攻撃が主、すなわち表となってしまった。始祖の考えはどうであれ、陰流は世とともに変わっている。より攻撃を偏重する形での。ゆえに吾は真の陰流の形に戻すという思いで新しい陰流とした。さすがに始祖に対し、真の文字は使えぬゆえ、今のものとは違うという二つの意味で新陰流とした」

上泉信綱が答えた。

真はまことということになり、上泉信綱が学んだ陰流を偽物と言っているも同然になってしまう。

「新たなる守り……それが新陰よ」

「守りの剣」

「むうう」

弟子二人が感嘆した。

「まちがえるな。守りの剣といえども、それに徹するわけではない。ただ、こちらから出ることはなく、できるだけ命を奪わぬ。抗う力を奪えばそれ以上はせぬ」

「なんとも難しいことを」

「師は不殺を求められまするか」

神後宗治と疋田文五郎が怖れた。

相手を殺すのはたやすい。刀が急所に当たればいい。それが不殺となれば、一気に話は変わる。相手に負けることなく無力化するには、はるかな腕の差が要る。

「なにを申しておる。簡単なことである。修行を重ねれば、いつかはそこに到達する。一心に剣を振れ、一途《いちず》に心を練れ」

「はっ」

「精進いたしまする」

師の教えに弟子たちが頭《こうべ》を垂れた。

三

翌朝、夜が明けるかどうかという早朝に、長坂釣閑斎の手配した案内役ともう一人若い武士が、上泉信綱らを迎えにきた。

「東山太郎左衛門《ひがしやまたろうざえもん》と申しまする。甲府までお供をいたしまする」

案内役が名乗った。

「道中よしなに。で、そちらの御仁は」

上泉信綱が若い武士のことを問うた。

「拙者、諏訪四郎《しろう》さまの臣、小笠原馬之助《おがさわらうまのすけ》と申す」

「諏訪四郎さまと言われると……大膳大夫さまのご四男さま」

上泉信綱が怪訝な顔をした。

「いかにも」

小笠原馬之助と名乗った若い武士が自慢げに胸を張った。

「こちらの御仁もご一緒に」

怪訝な顔をしたまま上泉信綱が案内役東山太郎左衛門に尋ねた。

「いや。拙者は四郎さまのご命で、武蔵守どのらをお迎えに参った。このあと高遠《たかとお》城に御滞在してお
られる四郎さまのもとまでご同道いただく。甲府へはその後」

「どういうことでござろう」

付いてこいと言った小笠原馬之助ではなく、東山太郎左衛門に上泉信綱は問うた。

「四郎さまが、武蔵守さまのことをお耳になされてな。是非ともその技を見たいと仰せになられたの
だ」

「………」

上泉信綱が沈黙した。

「さあ、四郎さまがお待ちである。参るぞ」

小笠原馬之助が横柄な態度で、上泉信綱を促した。

「師」

「いかがなさいまする」

弟子二人が、小笠原馬之助の対応に不満を見せた。

「……参ろうぞ」

「よろしいのでございまするか」

表情を消した上泉信綱に神後宗治が確かめた。

「技を見たいと言われれば、応じるのが武芸者である」

上泉信綱が淡々と述べた。

「さっ、付いてこられよ」

さっさと小笠原馬之助が踵《きびす》を返した。

「神官どのにご挨拶《あいさつ》をいたしておりませぬ」

「そのようなことは不要でござる」

わずかとはいえ寝食の面倒を見てもらったのだ。一言礼を述べるべきであった。それを小笠原馬之助が切って捨てた。

「後ほど、主から伝えておきまする」

東山太郎左衛門が申しわけなさそうな顔で言った。

「お願いいたしまする」

上泉信綱が頼んだ。

武田氏の伊那谷《いなだに》支配拠点である高遠城は、三峰《みぶ》川と藤沢《ふじさわ》川が一つになるところに築かれた平山城《ひらやまじろ》であった。諏訪氏を継いだ四郎勝頼《かつより》の居城となるべく、馬場信房《ばばのぶふさ》が奉行となって拡張した。

「ここで待たれよ」

高遠城の城門に入ったところで上泉信綱一行を残し、小笠原馬之助は御殿へと入っていった。

「…………」

座敷にもあげない対応に、東山太郎左衛門が無言で上泉信綱へと頭を垂れた。

「さすがに」

神後宗治が怒りを見せた。

「落ち着け。武芸者とはこういうあつかいを受けるものじゃ。これからも多々ある」

上泉信綱は相変わらず無表情であった。

「む、武蔵守どの」

諏訪四郎が来る前に、高島城から長坂釣閑斎があわてて姿を見せた。

「これは長坂どの」

「どうぞ、なかへ」

平然としている上泉信綱の手を取らんばかりにして、長坂釣閑斎が誘《いざな》った。

「いや、ここで待てとのお指図であれば」

上泉信綱が拒んだ。

「そのようなことを仰せにならず」

長坂釣閑斎が頼みこむように願った。

「…………」

静かに上泉信綱が目を閉じた。

「武蔵守どの……」

意地でも動かないという意思表示をする上泉信綱に、長坂釣閑斎が息を呑んだ。

「どこじゃ、どこにおる」

若く甲高《かんだか》い声をあげながら、諏訪四郎が小笠原馬之助を連れて玄関へ出てきた。

「あれに」

小笠原馬之助が、指先で上泉信綱を指した。

「愚か者が」

その様子《ようす》に長坂釣閑斎が吐き捨てた。

「おおっ。そなたが上泉武蔵守か。余は諏訪四郎である」

玄関の上から諏訪四郎が上泉信綱へ呼びかけた。

「……お初にお目通りを願いまする。新陰流上泉武蔵守でございまする。これなるは弟子の神後宗治、甥の疋田文五郎」

ゆっくりと目を開けた上泉信綱は名乗り、弟子たちを紹介した。

「釣閑斎から聞いたぞ。天下無双の武芸者だそうだの」

諏訪四郎がうれしそうに言った。

「天下無双などとんでもないこと。ようやく剣の持ち方を覚えたばかりでございまする」

上泉信綱が謙遜《けんそん》した。

「技を見せよ」

挨拶や遣《や》り取りは不要と、諏訪四郎が上泉信綱を急《せ》かした。

「お望みとあれば……」

軽く一礼して、上泉信綱が神後宗治へ手を伸ばした。

「はっ」

神後宗治が預かっていた上泉信綱の木刀を渡した。

「では」

木刀を受け取った上泉信綱が、上段に構えた。

「はっ……」

小さく息を吐いた上泉信綱が上段からの斬り下ろし、下段に変化しての斬りあげ、左右の袈裟懸《けさが》け、水平の薙《な》ぎを流れるように演じて見せた。

「むうう」

「おおっ」

「見事な」

長坂釣閑斎が唸り、神後宗治と疋田文五郎が感心した。

「……はあ」

ゆっくりと息を吐きながら上泉信綱が演武を終え、木刀を下ろした。

「それだけか」

一人諏訪四郎は、上泉信綱の動きがわかっていなかった。

「棒を振るだけではないか」

「四郎さま」

つまらなそうに言った諏訪四郎を、長坂釣閑斎がたしなめた。

「…………」

叱られた諏訪四郎が口をつぐんだ。

長坂釣閑斎は武田晴信から、諏訪四郎の傅役《もりやく》を命じられている。いわば、親代わりである。さすがの諏訪四郎も、長坂釣閑斎へ強く出ることはできなかった。

「よろしゅうござるかの」

もう行ってもいいかと、上泉信綱が長坂釣閑斎へ問うた。

「武蔵守どの、こたびのことは……」

「では、御免を」

ふいと上泉信綱が背を向けた。

「さて、参ろうぞ」

「はっ」

誘われた弟子たちが、従った。

「太郎左衛門、任せるぞ」

「はっ」

長坂釣閑斎に言われた東山太郎左衛門が、急いで三人の後を追った。

「四郎さま、なんということをなさるか」

「武芸者であろう。技を見せて金をねだる。金をくれてやれば、それでよいはずだ。もう少し遣えそうならば、余の家臣として召し抱えてやったが」

諏訪四郎が長坂釣閑斎の諫言《かんげん》を一蹴《いっしゅう》した。

「武蔵守どのを、その辺りの武芸者と同じになさってはなりませぬ。あの御仁は長野家十六槍の筆頭で……」

「ふん、その長野家を追い出されて、武芸者などをしておるのだろうが。遣える者ならば、長野が離すまい」

「情けなし」

長坂釣閑斎が嘆いた。

「お館さまが、なんとしてでも武田家に留《とど》めよ、と仰せになったのでございますぞ」

「知っておるわ」

諏訪四郎が、眉間《みけん》にしわを寄せた。

「ゆえにお館さまに取られる前に、余が配下にしてくれようと思ったのだ。それほどの価値はなかったがの」

ふんと諏訪四郎がうそぶいた。

「その話をどこでお知りになられました」

長坂釣閑斎が表情を変えた。

「さて、誰から聞いたのか、失念したわ。馬之助、付き合え。遠乗りをいたす」

「はっ」

逃げ出すように諏訪四郎が小笠原馬之助を誘って、長坂釣閑斎の前から去っていった。

「……武田の名を許されぬことを無念だと思われていることはわかるのだが……お館さまに反発するようなまねは、かえって四郎さまのためにならぬというに」

残された長坂釣閑斎が大きくため息を吐いた。

四

案内と称して、できるだけ寄り道を許さず、甲府へ、躑躅ヶ崎館へ上泉信綱を連れていけと長坂釣閑斎から命じられていた東山太郎左衛門だったが、とてもそのようなまねをできる状況ではなくなっていた。

「その社《やしろ》は由緒もわからず、さほどの……」

途中で見つけた神社へ参拝しようとした上泉信綱を止めようと、東山太郎左衛門が声を出した瞬間、

「お静かになされ」

「口出し無用」

神後宗治、疋田文五郎から殺気を浴びせられる。

気遣いができるからこそ上泉信綱の案内役に任じられた東山太郎左衛門も、武田の家臣で戦場経験は豊富である。それだけに殺気には敏感であった。

「…………」

東山太郎左衛門は黙るしかなかった。

結局、十五里（約六十キロメートル）ほどしかない、諏訪から甲府への移動に五日かかってしまった。

「我らはこちらに逗留《とうりゅう》いたしておりますゆえ、大膳大夫さまのご用意ができましたら、お報せをいただきたく」

上泉信綱は躑躅ヶ崎館から半里（約二キロメートル）ほど離れた臨済《りんざい》宗の古刹東光寺《こさつとうこうじ》を滞在先に選んだ。

「承知いたしましてございまする」

五日の間に憔悴《しょうすい》した東山太郎左衛門が了承した。

「いつまで滞在なさいましょうや」

寺との交渉をする神後宗治が、上泉信綱へ問うた。

「十日といたそう」

「はっ」

答えを聞いた神後宗治が庫裏《くり》へと向かっていった。

「よろしゅうございますので」

疋田文五郎が十日と区切ったことに懸念を見せた。

「武者修行じゃ。ここに留まり続ける意味があれば一年でも二年でも腰を据える。でなくば、行きすぎるだけじゃ」

上泉信綱が首を左右に振った。

「武田が……」

「招いたのは大膳大夫さまぞ。礼を失するようなまねはなさるまい」

まだ危惧《きぐ》を拭い去れていない疋田文五郎に、上泉信綱が首を横に振った。

武芸者というのは牢人で、誰の庇護も受けていない。それこそ戦最中の使者よりも危うい身分であった。

「気に入らぬ」

「隣国の細作《さいさく》ではないか」

こういった理由で、殺された武芸者もいる。

ただし、上泉信綱の場合は、事情が違っていた。なにせ、上泉信綱は今でも武田家と戦っている長野家の被官であったのだ。そして上泉信綱は武田に煮え湯を飲ませた手強《てごわ》い相手でもある。もし、甲府へ誘いこんで上泉信綱を討ち果たしたとしたら、卑怯者と武田晴信の名前は地に落ちる。

「戦で勝てぬから、騙《だま》し討ちにした」

「招いておきながら、罠《わな》に嵌めた」

あっという間に悪評は拡《ひろ》がる。

なにせ武田晴信には、意見の合わない父を騙して今川《いまがわ》へ追いやり、当主の座を奪ったという過去がある。

親を放逐《ほうちく》したという悪名がすでにあるのだ。

また、父親を放り出したのは、家臣たちの反発に引きずられたからとの背景もあり、武田晴信は、国人領主たちの評判があまりよくはない。

言うまでもなく、父信虎に従っていた国人領主たちからは恨まれている。今は武田晴信に従っているが、これはやむを得ずであり、なにかあればあっさりと見限るのはまちがいない。

「もし、大膳大夫さまがなさるというなれば、抗うまで」

「吾が身を守るでございますな」

上泉信綱の言葉に疋田文五郎がうなずいた。

東光寺に草鞋《わらじ》を脱いだ上泉信綱たちへの呼び出しは、じつに早かった。

「これからお出《い》で願いたい」

顔なじみの東山太郎左衛門が翌日には東光寺へと迎えにきた。

「承知」

招かれたのだ。呼び出しに応じないわけにはいかなかった。

「では」

上泉信綱が腰をあげた。

甲州武田家の本城、躑躅ヶ崎館は申しわけていどの土塁と堀しかなく、防御をほとんど考えていないものであった。もっともその背後に要害山《ようがいやま》城があり、万一のときはここに籠《こ》もる手はずになっていた。

「見事よな」

堀を渡りながら、上泉信綱が感嘆の声を漏らした。

「師よ」

疋田文五郎が意味を問うた。

「箕輪の城と比べて、はるかに小さく守りも薄い」

東山太郎左衛門が聞いているのを無視して、上泉信綱が語り始めた。

「それでも、この乱世を乗りきっている」

「たしかに」

箕輪城ほどの要害でも、落城の危機には陥っている。比して無防備ともいえる躑躅ヶ崎館である。大軍に囲まれれば、一日と保たない。

「気づいたか」

橋を渡りきった上泉信綱が大手門の開くのを待つ間、弟子たちに訊いた。

「なんでございましょう」

「城下のことでございましょうか」

首をかしげた疋田文五郎に対し、神後宗治は気づいているようであった。

「城下のほとんどが重臣を始めとする家臣、国人たちの住居であった。つまり、躑躅ヶ崎館はそれによって守られている。攻めてきた軍勢はまず、それらの屋敷を落としていかねばならぬ。さらにここに屋敷がある限り、国人領主たちは武田家に刃向かえぬ」

「人質だと」

「うむ」

確かめるような疋田文五郎に上泉信綱がうなずいた。

「人は城、人は石垣だそうだが、言い得て妙じゃ」

盛大な上泉信綱の意趣返しであった。

「お通りを」

迎えに出た侍の合図で、きしむような音を立て大手門が開いた。

「ずいぶんと扱いが違いますな」

神後宗治が東山太郎左衛門を皮肉げな目で見た。

城の大手門は要《かなめ》の一つであり、出陣あるいは当主、一門、重臣の出入りでなくば、そうそう開かれることはない。その大手門が開かれた。これは上泉信綱を武田晴信が客として迎えるとの証《あかし》であった。

「……どうぞ」

嫌味に頬をゆがませながら、東山太郎左衛門が上泉信綱らを誘った。

上泉信綱たちは、躑躅ヶ崎館の庭に設けられた陣幕へと案内された。

「よくぞ参った。余が大膳大夫である」

陣幕の奥に武田大膳大夫晴信が、座っていた。

「上泉武蔵守でござる。これらは弟子にございまする」

五日もかけたのだ。弟子たちの名前くらい調べているだろうと、上泉信綱は神後宗治と疋田文五郎の紹介を端折《はしょ》った。

「さようであるか。さて、まずは四郎のことを詫《わ》びよう。若いゆえに気づかぬところがある。許してやってくれ」

「お気になさいますな。人の世は流れゆくもの。こだわっていては取り残されてしまいまする」

甲斐《かい》の国主が牢人に頭を下げるわけにはいかなかった。なにせ陣幕のなかには、上泉信綱も顔を知っている山県三郎右兵衛尉昌景《やまがたさぶろううひょうえのじょうまさかげ》、春日弾正虎綱《かすがだんじょうとらつな》、馬場民部少輔《みんぶのしょう》信房、小山田左兵衛尉信茂《おやまださひょうえのじょうのぶしげ》らが同席している。

易々《やすやす》と頭を下げれば、武田晴信が軽くなり、ひいては謀叛《むほん》の引き金になりかねなかった。

そのあたりも承知している。上泉信綱が手を振った。

「……………」

しかし、上泉信綱の答えに武田晴信が眉をひそめた。

「流れゆくもの……」

武田晴信は甲府には留まらないとの意思表示を上泉信綱がしたと気づいた。

「まずは技を見せてくれい」

わざと明るい声で、武田晴信が求めた。

「では、組太刀《くみたち》を」

上泉信綱が武田晴信に一礼した。

「文五郎、相手をいたせ」

「はっ」

上泉信綱に命じられた疋田文五郎が喜んで立ちあがった。

「参れ」

木刀をだらりと下げた形で上泉信綱が疋田文五郎に合図した。

「御免を」

疋田文五郎が木刀を上段にした。

「…………」

山県昌景、馬場信房らが、すっと武田晴信の前に場所を移した。木刀でも頭や首を打てば、十分人を殺せる。

「やあああ」

疋田文五郎が気合い声とともにかかってきた。

「……これまで」

十合ほど打ちこみと受け、払い、反撃の型を見せ、上泉信綱が披露を終えた。

「以上でございまする」

木刀を神後宗治へ渡して、上泉信綱が膝《ひざ》を突いて終わりを告げた。

「見事なり」

「まさに、まさに」

「おおっ」

武田晴信の称賛に山県昌景、小山田信茂らが唱和した。

「盃を取らせる。用意を」

宴《うたげ》をすると武田晴信が小姓《こしょう》に命じた。

「畏《おそ》れ入りまする」

接待ではなく褒美である。断ることはできなかった。上泉信綱が礼を述べた。

「甲斐は貧しい。人はいてもものがない」

武田晴信が膳の上を見て嘆いた。

「人がおられるだけ、よろしゅうございましょう」

酒を注《つ》いだり注がれたりはしない。武芸者を迂闊《うかつ》に近づけては危ない。両刀を預かっているとはいえ、針や小刀などを忍ばせているかも知れないのだ。用意された瓶子《へいじ》から盃へ己で酌《く》む。

上泉信綱が盃に少しだけ酒を入れて口に含んだ。

相手も警戒しているが、こちらも警戒をしている。酒に附子《ぶし》などが仕込んであることを考えて、わずかに含んだ酒に異常がないかどうかを、上泉信綱は舌で確認した。

「……のう、武蔵守」

「はい」

武田晴信に話しかけられた上泉信綱が盃を置いて、両手を膝の上にしてかしこまった。

「余に仕えぬか。大胡を与える」

大胡は上泉信綱が失った先祖伝来の地であった。そして、今は長野家が差配していた。つまり、長野家を滅ぼす手伝いをしろと武田晴信は言っているのであった。

「お誘いまことにありがたいのでございまするが、この身を修行に捧《ささ》げると決めておりますれば、謹んでお断りをいたしまする」

上泉信綱が頭を下げた。

「きさ……」

「控えろ、左兵衛尉」

誘いを拒んだ上泉信綱に小山田信茂が怒りを見せかけたのを、武田晴信が抑えた。

「ですが……」

「黙れ。おまえも四郎と同じか。これ以上余の評判に傷を付けるな」

「申しわけございませぬ」

武田晴信に睨まれた小山田信茂が退いた。

「のう、武蔵守。修行の先で剣術の極意を悟ったとすればどうする」

「極意を悟ったらでございまするか。おそらく生涯をかけても届きますまいが、もし悟れたとしたら……考えてもおりませんでした」

武田晴信に言われた上泉信綱が首を横に振った。

「そのときは、余のもとへ参じてくれぬかの」

「……そこまで言ってくださるとは過分でございまする。もし、どこかに仕官をする気になりましたときは、かならず大膳大夫さまのもとに」

武田晴信がかけた枷《かせ》を上泉信綱は受け入れた。

「それは祝着《しゅうちゃく》である。さて、皆の者、聞いたな。上泉武蔵守はいずれ余のもとへ参ると言う。決して粗略なまねをいたすなよ」

武田晴信の前から下がった上泉信綱を気に入らぬと襲う者が出かねない。実際、小山田信茂らが、上泉信綱をじっと見ている。

馬鹿をするなと、陣幕のなかにいる部将たちに武田晴信が釘《くぎ》を刺した。

「かたじけなきご諚《じょう》。では、これにて」

上泉信綱は武田晴信の言葉を理解している。深く頭を垂れて、座を後にしようとした。

「待て、これをくれてやる。技を見せてもらった礼じゃ」

武田晴信が手にしていた太刀を上泉信綱へ差し出した。

「無銘だが、そのほうがよかろう」

名を求めてはおるまいと武田晴信が太刀を手に、上泉信綱に述べた。

「お心遣いに感謝いたしまする」

くれるというものを断るのは無礼になった。それこそ、先ほど武田晴信が打ちこんだ釘が抜けてしまう。上泉信綱が太刀を押しいただいた。

「楽しみにしておるぞ、そなたが余のもとへ参じる日をな」

「…………」

そう告げた武田晴信へ無言で頭を垂れ、上泉信綱は躑躅ヶ崎館から去った。

「師よ」

「……ふう」

さすがは戦国最強の呼び名も高い武田、そのなかでも知られた者たちに囲まれて、神後宗治と疋田文五郎は疲れ果てていた。

「寺へ戻ろうか」

「先へ進まずとも……」

寄宿先に帰ろうと言った上泉信綱に、少しでも甲府から離れるべきではないかと神後宗治が勧めた。

「疲れていては、存分な働きもできまい。それに客が来るだろう。ここですませておいたほうが、後々楽である。いつまでも付きまとわれては面倒じゃ。大膳大夫さまは大人物であったが……周囲にはいささか足りぬ者が多い」

上泉信綱がため息を吐いた。

第六章　思惑と誓願

一

武田大膳大夫晴信《たけだだいぜんのだいぶはるのぶ》は、居並ぶ将たちを冷たい目で見ていた。

「お館《やかた》さま」

小山田左兵衛尉信茂《おやまださひょうえのじょうのぶしげ》が、武田晴信の前へ進み出た。

「わかっておる」

「ならばなぜ、黙ってお帰しになられました」

うるさそうに言った武田晴信に、小山田信茂が詰め寄った。

「討《う》つだけの名分があるまい」

「名分など不要でございましょう。武蔵守《むさしのかみ》などとうそぶいておりまするが、ただの牢人《ろうにん》。野辺で野垂れ死にしても、気にかける者などおりませぬ」

首を横に振った武田晴信に、小山田信茂が言い返した。

「余が招いた者ぞ。招いておきながら、騙《だま》し討ちにするなど甲斐源氏《かいげんじ》の嫡流《ちゃくりゅう》の名を辱《はずかし》めるだけぞ」

武田晴信が、強い口調で小山田信茂を諭《さと》した。

乱世、諸国の大名、小名は競って、武芸者を招いた。剣術、槍術《そうじゅつ》、弓術などを学ばせ、自国の兵の練度をあげるという目的もあるが、それよりも全国津々浦々まで旅をすることでいろいろなことを知っている武芸者から話を聞くためであった。

「南蛮《なんばん》渡来の鉄炮《てっぽう》というものが、堺《さかい》で作られ始めたようすでござる」

「中国筋では、毛利《もうり》が尼子《あまこ》との戦《いくさ》を有利に進めておるようでございまする」

招かれた武芸者もその意味を知っている。

そこの大名が喜ぶような話をする。

とはいえ、次に誘われるのが、敵対している大名かもしれないのだ。話はしても肝心《かんじん》なところはごまかす。

「ゆっくり滞在されるがよい」

「かたじけなし」

武芸者とはいえ、牢人には違いない。そうそう金が稼げるわけでもなく、相手が嫌な顔をするまで居着く。

長居すればするほど、情も絡む。

「尼子が毛利に押されているのは内紛がござったからで、当主が分家を騙し討ちにしたために家中が割れて……」

最初は隠していたことも話す。

武芸者は、諸国の大名にとって細作《さいさく》であった。

武田晴信のたしなめも、小山田信茂には効かなかった。

「あやつは武田に仇《あだ》なす者。生かして帰しては、どこでなにを言うやも知れませぬ」

小山田信茂が武田晴信に上泉武蔵守信綱《のぶつな》の命を奪うべきだと進言した。

「弾正《だんじょう》」

小山田信茂のしつこさに辟易《へきえき》した顔をしながら、武田晴信が寵臣《ちょうしん》の春日《かすが》弾正虎綱《とらつな》を呼んだ。

「はっ」

春日弾正が近づいた。

「左兵衛尉がこのように申しておる。どうすべきじゃ」

武田晴信が春日弾正に尋ねた。

「お館さまのお心のままに」

春日弾正が好きにすればいいと、おもねった。

「ふむ。余の思うがままか」

元服《げんぷく》前は武田晴信の寵童《ちょうどう》として閨《ねや》に侍《はべ》った春日弾正が、反対をするはずはなしとわかっている。武田晴信は家臣の意見も取り入れたという体《てい》にしたかっただけであった。

「左兵衛尉、手出しは無用である」

武田晴信が断じた。

「…………」

不満そうな顔で小山田信茂が下がっていった。

「お館さま、よろしゅうございますので」

春日弾正が小山田信茂の態度に危惧《きぐ》を表した。

「わかっておる。余はならぬと申した。そなたも聞いたな」

「はい」

念を押すような武田晴信に春日弾正が首を縦に振った。

「これ以上は、左兵衛尉の独断じゃ」

武田晴信が淡々と口にした。

「武蔵守さまのお怒りを買うことになりませぬか」

「買ったら買ったでよい。詫《わ》び料として領地をくれてやれば……の」

「なんと。そこまでお考えであられましたとは。この弾正、お館さまの深慮遠謀に、感服仕《つかまつ》りまして
ございまする」

領地をくれてやることで上泉信綱を武田家にくくりつけると言った武田晴信に、春日弾正が感嘆し

た。

東光寺《とうこうじ》で一眠りした上泉信綱は、弟子の神後宗治《じんごむねはる》、疋田文五郎《ひきたぶんごろう》に戦闘の用意を命じた。

「戦草鞋《いくさわらじ》の締まりを確かめよ。刀の目釘《めくぎ》はしっかりと湿らせておけ。下げ緒を解き、輪抜けを作っておくように」

戦草鞋は、足半《あしなか》とも呼ばれ、普通の草鞋よりも寸法が短い。こうすることによって足の指と踵《かかと》が直接地に触れ、踏ん張りが利きやすくなる。刀の目釘は柄《つか》と刀身を繋《つな》いでいる木の小さな楔《くさび》であり、水に濡《ぬ》らすことで膨張《ぼうちょう》し、しっかりと両者を結びつける。輪抜けは下げ緒を使った滑り止めのようなもので、刀を振り回してもすっぽ抜けないように鍔《つば》の左右の穴を通して作った輪に手首を入れ、数回ひねる。

どれも戦いの準備であった。

「膠《にかわ》は使うな。取り回しが固くなる」

上泉信綱が弟子二人に注意を与えた。

真剣での戦いは槍《やり》と違って、どうしても敵との間合いが近いため返り血を浴びる。それで手が滑るのを嫌って膠を使うこともある。

「師よ、よいのでしょうか」

身支度を終えた神後宗治が、武田の者を斬って大丈夫かと懸念を表した。

「降りかかる火の粉《ひこ》は払わねばならぬ。払われたくなければ、火を付けねばよいのだ」

上泉信綱が即座に答えた。

「剣術は戦いにおいて己が生き残るための手段である。突き詰めれば、いかに相手の攻撃を受けずに仕留めるかである。一撃必殺を心がけよ。死人《しびと》は反撃せぬ。しかし、生きている限り敵はあきらめぬ。腕がなければ足で蹴《け》り、噛《か》みついてくる。甲州《こうしゅう》の兵は死を怖《おそ》れぬ」

「師よ。なぜ甲州の兵は天下最強と謳《うた》われるのでございましょう」

疋田文五郎が尋ねた。

「貧しいからじゃ」

「……貧しい」

答えた上泉信綱に、疋田文五郎が怪訝《けげん》な顔をした。

「見てきたであろう、国境をこえてからの有様を。甲州は山と谷ばかりで田畑が少ない」

「たしかに」

疋田文五郎が思い当たった。

「国に住まいする者が喰《く》えるほどには、米が穫《と》れぬ。ならばどうする」

「あるところから買えばよいのではございませぬか。甲州は金《きん》が出ると聞きまする」

問うた上泉信綱に疋田文五郎が述べた。

「買えればよいがな」

「……買えなくなると」

「飢饉《ききん》になったら、とても隣国へ売るだけの余裕はあるまい」

上泉信綱が首を小さく横に振った。

「それにだ。乱世ぞ。隣国は弱いほどよかろう。米を売らず、飢えさせれば、兵は戦う力を失う。それ以上に……」

疋田文五郎から神後宗治へと、上泉信綱が目を動かした。

「金はいつか尽きまする。そうなれば米は買えなくなりましょう」

「それも一つだがな。機嫌よく米を売っていた相手が、いきなり売らなくなったらどうなる。あるいは米の値段を吊《つ》りあげたとしたら」

神後宗治の答えにうなずいて、上泉信綱がさらなる質問をした。

「いきなり飢えることになりまする」

「その不満はどこにいく」

上泉信綱が神後宗治に訊《き》いた。

「そのときになって戦えるか。裕福ではないが飢えぬ日々を送った兵は弱い。さらに甲州の財である金は他国に流れ、とても軍備を整えることはできなくなっている」

「それでは戦えませぬ」

神後宗治が首を横に振った。

長野《ながの》家で一手の将として戦ってきた神後宗治である。金《かね》こそ戦に必須なものだとわかっていた。

たしかに兵士たちの士気は大事である。

「勝てぬ」

ひとたびそう思ってしまうと、武将はともかく、兵たちは保《も》たない。槍や弓などを捨て、身につけていた胴丸、手甲《てっこう》、脚絆《きゃはん》を脱いで逃げ出す。

「うわああ」

一人でも逃げ出せば、足軽《あしがる》や小者《こもの》は崩れる。

「待て、持ち場に戻れ」

いくら武将が踏ん張ったところで、足軽がいなければ勝負にならない。

では、どうやって足軽たちの士気を維持するか。

一つは十分な食事を与える。毎日腹一杯とまではいわずとも、飢えさせなければいい。次が武具の充実であった。竹の先を削《そ》いだ槍と鍛えあげられた鉄の穂先の槍では、威力が違う。竹槍では刃が立たない胴丸も、出来のいい穂先の付いた槍だと貫ける。それだけで命の助かる可能性は大きくなる。

最後は戦を終えた後の褒賞《ほうしょう》に響く。大名に金がなければ、命の張り損になる。

「同じ金を遣《つか》うならば、兵を養い、武具を揃《そろ》えて、攻めこむほうがよかろう。その土地を奪えなくとも、米や麦、金などを略奪するだけでもいい。戦って勝ってこそ、己も家族も生きていける。ただし、それは負けた場合、己も家族も死ぬことを意味している」

上泉信綱が説明した。

「進むも地獄、止まるも地獄ということでございまするか」

「どうせ地獄へ堕《お》ちるならば、一つかみの米でも……と」

疋田文五郎と神後宗治が揃ってため息を吐《つ》いた。

「……来たようだ」

すっと上泉信綱が立ちあがった。

二

「他人目《ひとめ》をはばからず……か。よほど吾《われ》が邪魔と見える」

本堂を出た上泉信綱は、周囲を囲んでいる足軽たちを見て苦笑した。

「たしかにうるそうございますな」

神後宗治も同意した。

鎧《よろい》を身につけての動きは、どうしても音が出る。それが一人二人ならば、乱世の城下町では珍しくないが、戦触れの太鼓《たいこ》やほら貝もなしにあるていどの兵が走ったとなると、どうしても気を引く。

それをわかったうえで白昼堂々の襲撃、すなわち逃がすつもりはないということであった。

「我らの命は冥加《みょうが》ではない」

冥加とは神仏の加護のことをいうが、それを転じて上納するとか、差し出すとかといった意味で使われることもあった。

「命は吾《わ》がものである。くれてやりたいというなら止めはせぬが、そのていどでは剣の真髄、深きところを見ることはできぬと知れ」

「はっ」

「雑兵《ぞうひょう》ばらにくれてやるほど、安くはござらぬ」

師の叱咤《しった》に神後宗治、疋田文五郎が気合いを入れた。

「賊よ、おとなしくいたせ」

小山田信茂が前に出て上泉信綱らに宣した。

「天下に名高き武田家の所業でござるかの、これが」

上泉信綱が皮肉った。

「黙れ、そなたらが越後《えちご》の間者《かんじゃ》だということは知れているのだ」

越後とは武田家と長く敵対している上杉《うえすぎ》家のことだ。

「賊の次は間者……一定《いちじょう》さえせぬとはの。大膳大夫さまもご不幸なことだ。このていどの輩《やから》に宿老をさせねばならぬとは」

「こやつっ」

わざとらしい嘆息をして見せた上泉信綱に、小山田信茂が真っ赤になった。

「弓あり。撃ちこむぞ」

「はっ」

「お供を」

上泉信綱の忠告に二人が首を縦に振った。

剣術遣いにとって、弓矢、鉄炮のような飛び道具こそ天敵であった。いかな名人といえども矢を雨のように射かけられては勝負にならなかった。

弓や鉄炮に囲まれたときほど、敵に肉薄しなければならなかった。間合いが近くなると同士討ちを怖れて、飛び道具は使えなくなる。

「放て、放て」

姿勢を低くして駆《か》けてくる上泉信綱たちに、小山田信茂があわてて手を振り下ろして、合図を出した。

どれだけ弓の名手だといえども、動いている相手には当てにくい。

ましてや障害物のない野原ではなく、敵味方の距離も十間《けん》（約十八メートル）ほどしかない。熟達の弓足軽でも二の矢を放つのは難しい。

「参る」

先頭に立った上泉信綱が、急な接近にうろたえた足軽の槍を刀の腹で払うと、できた隙《すき》にするりと身体《からだ》を割り入れた。

「えっ」

なにが起きているのかも理解できず、槍足軽の喉が裂かれた。

「遅い」

仲間がやられるのを呆然《ぼうぜん》と見ていた次の槍足軽に、上泉信綱が斬りかかった。

「うわっ」

防ごうと槍をあげかけた足軽の右太腿《ふともも》に上泉信綱が刃を沿わせた。

「……なぜ」

右足の力が消えた足軽が、立っていられず転んだ。

「ふん」

倒れた足軽の首に切っ先を突き入れた上泉信綱が、次の獲物へ目を付けた。

「……ひっ」

なにも映していないかのような上泉信綱の目を見た小山田信茂が、口のなかで悲鳴をあげた。

「やああ」

「とう」

神後宗治と疋田文五郎も遅れることなく、足軽に突っこんだ。

こうなるとなまじ足軽の数を連れてきたのが、徒《あだ》になった。混戦状態になったことで弓足軽が浮いてしまった。

もちろん、弓足軽も接近戦はできる。使っていた弓の片端に、柳刃のような形の穂先を付け、槍のように振るう。

とはいえ、そんな槍もどきを振り回す練習をする暇があれば、弓の修練を重ねる。槍足軽とはまったく技量が違った。

「わああ」

そのていどの者ならば、いてもいなくてもかわりない。

「……刃こぼれするほどの者もおらぬか」

十人ほど斬ったところで、ちらと上泉信綱が刃を確認した。

「二人とも十全のようじゃ」

弟子たちの様子《ようす》を見るだけの余裕もあった。

「さて、どこまで保つかの、武田は」

いくら強いと言ったところで、己が決して敵《かな》わない相手と戦うのは精神を削る。

「お、鬼じゃ」

「化け物だあ」

そして結束の強い者たちほど、恐慌は伝わりやすい。

「助けてくれ」

たった三人で百に近い人数に、躊躇《ちゅうちょ》なく戦いを挑み、わずかな間に十人以上を倒した。さらにその勢いは衰えるどころか、ますます盛んとなっていく。

概《おお》ね三割の兵が死ぬか傷つけば、戦は負けである。その状態まであと少ししかない。

まず、徴兵された百姓足軽が貸し与えられた槍を放り投げて背を向けた。

「あ、待て。逃げた者は厳罰に処すぞ」

小山田信茂の制止も、腰の引けた足軽には届かない。

「死にたくねえ」

「逃げろっ」

次々と足軽が逃げ始めた。

「こうなっては……」

潰走《かいそう》を始めた軍勢を留《とど》めるのは、大将か武将による大手柄しかなかった。

小山田信茂が槍をかまえて上泉信綱の前へ進んだ。

「牢人づれにはもったいないが、この左兵衛尉が相手をしてくれる」

腰を落とした小山田信茂が槍の穂先を上泉信綱に向けた。

「師、代わりましょうぞ」

神後宗治が駆けつけてきた。

「不要である。このていどの敵、どうということはない。少なくとも長野の足軽のほうがましよ」

思いきり上泉信綱が小山田信茂を嘲笑《ちょうしょう》した。

「生意気なことを……」

小山田信茂が怒りを見せた。

槍と太刀《たち》では、圧倒的に槍が有利であった。

武将の使う槍は多少の長短はあるが、柄から穂先まで入れて二間（約三・六メートル）ほどが多い。

一方、太刀は柄まで入れて、切っ先から三尺（約九十センチメートル）でしかない。大太刀でも一尺（約三十センチメートル）長いかどうか。

つまり一間半（約二・七メートル）は槍の間合いになる。刀で槍と戦うとなれば、この一間半をどうにかして潜《くぐ》り抜け、敵に肉薄しなければならない。

敵の武器は届くが、こちらの刃は刺さらない。わずか一間半の間とはいえ、圧倒的に不利な状況を制圧できなければ、戦いにならなかった。

さらに小山田信茂は鎧を身につけている。鎧は戦場で吾が身を守るために着こむもので、太刀などで斬りつけても通らない。

今、上泉信綱が小山田信茂を討ち果たそうとするならば、小山田信茂の槍を掻《か》い潜《くぐ》るなどして、兜《かぶと》と鎧の隙間である首筋か、関節を動かすための隙間である脇の下や、太腿などを狙うしかなかった。

「やあっ」

腰を落とした小山田信茂が槍を繰り出した。

戦場にも慣れ、まだ若い小山田信茂の槍はなかなか鋭く、容易には上泉信綱を近づけなかった。

「師よ」

足軽たちを順調に倒しながらも、神後宗治は攻撃に出ようとしない上泉信綱を気遣った。

「見ておけ」

上泉信綱が小山田信茂から目を離さずに返した。

「手も足も出ぬ癖《くせ》に」

小山田信茂が風のように槍を操った。

槍は穂先の長さによっては、薙《な》いだり、叩《たた》きつけたりもできる。足軽たちの使う槍は、もともと上から打ちつけて、脳震盪《のうしんとう》を起こさせるためにあるほどだ。

もっとも武将の使う槍は、突くことに特化し鎧を貫くように使われるが、技としては薙ぎも叩きも払いもある。

それを小山田信茂は一呼吸の間に連続してやって見せた。

「…………」

上泉信綱はそのすべてをかわした。

「ちょこまかと」

苛《いら》立《だ》った小山田信茂が薙ぐと見せかけて、足払いに出た。

「しゃっ」

その槍に上泉信綱が応じた。

短い気合いとともに振られた太刀が、小山田信茂の槍を弾《はじ》き返した。

「うおっ」

全体重を乗せた払いを掬《すく》うように弾かれた小山田信茂の体勢が崩れた。

「そろそろよろしいかの」

追撃の好機を上泉信綱は捨て、山門の方へ声をかけた。

「気づいていたか。さすがじゃの」

山門から春日弾正を連れて、武田晴信が姿を見せた。

「お館さまっ」

小山田信茂が驚愕《きょうがく》の声を漏らした。

「左兵衛尉、下がれ」

「なれどっ」

武田晴信の命にも小山田信茂が反論しようとした。

「下がれと申したぞ」

「……はっ」

怒気の籠《こ》もった武田晴信の言葉に、小山田信茂が退いた。

「武蔵守どの、失礼をいたした」

「いえ」

上泉信綱が武田晴信の謝罪を笑顔で受け取った。

「お怪我《けが》などはなさっておられぬか」

「お気遣いに感謝いたしまする。幸い、傷一つ負ってはおりませぬ」

上泉信綱が首を横に振った。

「まことに手練《てだれ》とは、武蔵守どののことを言うのでございましょうな」

「称賛かたじけなく」

軽く上泉信綱が頭《こうべ》を垂れた。

上泉信綱は武田晴信の家臣ではない。これ以上へりくだることはなかった。

「弾正」

「はっ」

合図を受けた春日弾正が、滑るようにして武田晴信の側《そば》に近づき、一枚の書状を手渡した。

「武蔵守どの、これを受け取っていただきたい」

「拝見」

受けるにせよ、断るにせよ、中身を知らなければ意味はない。上泉信綱が書状を受け取って読んだ。

「……これをいただけると」

「詫び料だと思ってくだされればいい」

武田晴信が丁寧に告げた。

「百貫……徒やおろそかではございませぬな」

一貫は二石《こく》にあたる。百貫はおよそ二百石になる。二百石といえば、一手の将には届かないが、武田の家中でも一廉《ひとかど》の武士とされるだけのものであった。

「お仕えはいたしかねまする」

「わかっておる。それは家禄《かろく》ではなく、左兵衛尉どもの無礼を肚《はら》のうちに収めていただくためのもの」

これで家臣になれというならば断ると述べた上泉信綱に、武田晴信が左右に首を振った。

「なれど……」

「皆まで言うな。わかっておる。剣術修行の旅に出るそなたに領地の監督などはできまい。それはこちらでいたそう。年貢の米を金に換えるのもな」

「…………」

ここまで言われてしまうと、これ以上は武田晴信の面目を潰すことにもなる。

「金はいつでも取りにくるがいい。甲府《こうふ》へ来るのが難しいときは、京の三条《さんじょう》家、あるいは石山本願《いしやまほんがん》寺《じ》でもよい、声をかけてくれればわかるようにしておく」

武田晴信が気を遣った。

京の公家《くげ》三条左大臣公頼《さだいじんきんより》の次女を武田晴信は娶《めと》っている。そして石山本願寺の法主顕如《ほっすけんにょ》の正室は武田晴信の妻の妹にあたる。

武田家は上方《かみがた》に確固たる基盤を持っていた。

「お心遣い、かたじけないことでございまする」

上泉信綱が刀を納め、一礼した。

「こちらこそすまぬまねをした」

武田晴信も軽く一礼した。

「お館さまっ」

牢人には過ぎたる礼儀に、小山田信茂が抗議の声をあげた。

「黙れ。余に頭を下げさせたのは、そなたの短慮である」

「……申しわけございませぬ」

痛いところを突かれた小山田信茂が渋面《じゅうめん》を作った。

「では、これにて」

「うむ」

帰ってくれと暗に急《せ》かした上泉信綱に、武田晴信が首を縦に振った。

「……旅支度をいたせ」

武田晴信を山門まで見送った上泉信綱が弟子たちに告げた。

「はっ」

「いつ旅立ちを」

神後宗治が首肯《しゅこう》し、疋田文五郎が尋ねた。

「明日、早朝に出る」

さっさと甲州を離れると上泉信綱が宣した。

三

東光寺を夜が明ける前に出た上泉信綱たちは、甲州と相模《さがみ》の国境《くにざかい》で長坂釣閑斎光堅《ながさかちょうかんさいみつかた》の待ち伏せに遭った。

「お発《た》ちでござるか」

長坂釣閑斎が、武田側の関所から声をかけた。

「大膳大夫さまのご歓待に甘え、つい思わぬ長逗留《ながとうりゅう》をいたしましたので」

これくらいのことは上泉信綱も予想していた。

「……………」

悪びれる風もない上泉信綱に、長坂釣閑斎が黙った。

「されば、御免」

「お待ちあれ。少しお休みになられては」

関所を通ろうとした上泉信綱を長坂釣閑斎が、止めた。

「これくらいは修行でございまする」

上泉信綱が疲れていないと首を左右に振った。

「しばし、剣術についていてお話を」

「またの機会にさせていただきましょう」

長坂釣閑斎の求めを、上泉信綱はあっさりと拒んだ。

「あまりつれなくなさるのはよろしくございませぬぞ」

「諏訪四郎《すわしろう》さまのお出《い》でをお待ちする理由がございませぬ」

凄《すご》む長坂釣閑斎に、上泉信綱が否を突きつけた。

「おわかりなれば、ちょうどよい。いかがでござろう、四郎さまにお仕えになられぬか」

「できませぬ。すでに拙者は大膳大夫さまから百貫を賜っておる身」

長坂釣閑斎の言葉を上泉信綱が名分を盾に拒んだ。

「五百貫出しましょうぞ。お館さまからの百貫はお返しして……」

「できるとお考えか」

当主の厚意を捨てて、世継ぎと確定もしていない妾腹《しょうふく》の子に仕える。その意味するところは、武田晴信より諏訪四郎勝頼《かつより》が頼みになる武将だと、上泉信綱が判断したに等しい。

「…………」

わかっていての勧誘である。長坂釣閑斎が沈黙した。

「無駄なまねは止《や》めなされよ」

上泉信綱が刀の柄に手をかけながら、関所番の詰める小屋を見た。

「武田家との縁を切ることになりまするが」

「……勝てると。こちらには弓と鉄炮もござる」

長坂釣閑斎が脅した。

「飛び道具というのは、当たらなければどうということもござらぬ」

「なにっ」

平然としている上泉信綱に長坂釣閑斎が驚いた。

「武田の兵を甘く見られるな」

「どこでも変わりませぬよ。飛び道具は遠くから敵を撃つ。ここからあの番小屋まで五間（約九メートル）ほど。すでに準備している初手は放てても、次を用意する間は与えませぬ」

「初手で当てれば……」

「我らは案山子《かかし》ではござらぬ。じっと立っておるはずもなし」

まだ言いつのる長坂釣閑斎に上泉信綱が首を横に振った。

「ああ、この関所をこえれば、北条《ほうじょう》の領地。離れてから我らに攻撃をするのは、武田が北条へ戦を仕掛けるのも同じ。信濃《しなの》、上野《こうずけ》へと手を伸ばしている最中《さなか》に、背中の北条と敵対する。さすがに天下の名将武田大膳大夫さまといえども、いささか厳しい状況になるのではございませぬかの」

関所を通った後の保障も上泉信綱は考えていた。

「武田が北条に屈すると」

「では、勝てますかな」

長坂釣閑斎の反論に、上泉信綱が笑った。

「むっ」

言い返すことができなくなった長坂釣閑斎が、詰まった。

「では、これにて御免蒙《ごめんこうむ》りましょう。行くぞ」

上泉信綱が弟子二人に合図をした。

「千貫出そう」

背を向けた上泉信綱に長坂釣閑斎が値を吊りあげた。

「不要でござる」

「なぜだ。牢人にとって仕官は夢であろう」

一言のもとに断った上泉信綱に、長坂釣閑斎が驚愕した。

武者修行と称する武芸者の諸国遍歴も、いわば仕官先を求めてのことであった。

「某《なにがし》よりも拙者のほうが強い」

これほど露骨な表現はない。

乱世、どこの大名も戦で勝つことを目標にしている。

武田家のように喰わんがため他国を侵略するのも、長野家のように迫りくる敵を追い返すためであっても、理由は違えども力を欲している。

牢人はその大きな供給源であった。

そもそも牢人というのは、主家が潰されてしまった者、あるいは百姓では搾取《さくしゅ》されるだけだから逆に奪うほうになってやろうと考えた者がなる。

しかし、牢人になったからといって、すぐに仕官先が見つかるわけではなかった。なかには仕官を申しこんでくる者をすべて受け入れて、禄を払う前の合戦ですり潰す大名もいるが、ほとんどはなにかしらの手柄があることを求める。

そんなときに武者修行というのは便利であった。戦場での手柄はなくとも、剣術は遣えるのだ。まったくの素人を槍足軽として徴用するより期待できる。

剣術修行の者は、まず仕官希望者といえた。

「もう戦は疲れましてござる」

上泉信綱が嘆息した。

「おかしなことを言う。東光寺で戦ったではないか」

長坂釣閑斎が、怪訝な顔をした。

「あれは降りかかる火の粉を払ったまで」

「どこが違う。戦いは戦いであろう」

詭弁《きべん》だと長坂釣閑斎が、怒鳴った。

「違いまする。こちらが利を求めての戦いと身を守るための戦いは、まさに表裏でござる。利を求めての戦いは下卑《げび》る。身を守るための戦いは生きる者の本能。赤子が母の乳を欲しがるのを淫《みだ》らと言う者はおりますまい」

「……なにが言いたい」

「おわかりになられぬかの。ならばお話をしても無駄なこと」

「余ではわからぬと」

長坂釣閑斎が、口調に怒気をにじませた。

「わからずともよろしかろう。貴殿は戦人《いくさびと》、吾は修行者。成り立ちが違いまする」

「なるほど、燕雀《えんじゃく》安《いず》くんぞ鴻鵠《こうこく》の志を知らんやか」

上泉信綱を雀《すずめ》や燕《つばめ》のような小物だと長坂釣閑斎が、嗤《わら》った。

「皆、番小屋へ戻れ。当番はいつもどおりにな」

長坂釣閑斎が、槍を構えていた足軽たちに手を振った。

「さあ、出ていけ。臆病者に用はない」

犬を追うように長坂釣閑斎が、上泉信綱たちを急かした。

戦国乱世だからこそ、関所は牢人に緩い。

相模国北条家の関所は、上泉信綱一行をあっさりと通した。

「北条家の高名に惹《ひ》かれ、仕官を願いに参りましてございまする」

名のある牢人がやってきたのをあしらったり、しつこく調べたりして、

「噂《うわさ》ほどになし」

牢人を怒らせて踵《きびす》を返されては大事になる。

「北条家は狭量である」

根無し草の牢人は全国を流浪《るろう》する。その行き先で北条の悪口《あっこう》を撒《ま》くくらいならまだいい。

「お仕えいたしたい」

近隣の大名に仕官されたときは目も当てられない。

その牢人を得ることで増えた戦力がなくなるだけでなく、敵対している大名の戦力が強化される。一人分の戦力増加が、二人分の減力になってしまう。

もちろん、牢人のなかには敵対大名の細作も紛れこんでいる。だからといって、すべてをあぶり出すことはできない。

なにせ大名の関所は不審者の侵入を防ぐというより、領内に出入りする商人にかける税の徴収が目的だからである。

大名というより、その街道を押さえる国人《こくじん》領主にとって、関所の税は大きな収入になる。それこそ、田畑の少ない国人領主には、関所は命の綱である。関所で商人を止めることで流通が滞るなどどうでもいいし、税をかけることでものの値段があがるなど知ったことではない。いつ近隣と争うことにな

るかわからない国人領主にとって、税は生活の糧であり、武具を備える軍事費でもあった。国人領主の入り乱れる伊勢《いせ》国など、桑名《くわな》から日永《ひなが》までの間に六十をこえる関所が設けられていると言われていた。

相模国に入った上泉信綱は、北条の本拠である小田原《おだわら》に寄ることなく、続けて武蔵《むさし》、下総《しもうさ》を突っ切って、鹿島神宮《かしまじんぐう》へと向かった。

常陸《ひたち》国一宮《いちのみや》の鹿島神宮は、神武《じんむ》天皇元年の創建と伝わる古社である。武神武甕槌大神《たけみかづちのおおかみ》を祭神とし、武家の崇敬が篤《あち》い。すべての武術の始まりの地とも言われており、とくに剣術で知られる鹿島神流を伝えていた。

「海に抱かれるような」

鹿島神宮は鹿島灘《なだ》を目の前にしている。境内のすぐ近くまで鹿島灘は来ていた。

「ここが本邦剣術の聖地」

疋田文五郎も、乱世だというのに焼かれた風もない景色に圧倒されていた。

「この辺りは佐竹《さたけ》どのが領地である。もちろん、この地も世の定めには逆らえず、里見《さとみ》氏や大関《おおぜき》氏などの侵略を受けている。したが、誰も社《やしろ》には無体を仕掛けぬ」

「武神の加護を失うことを怖れてでございましょうか」

神後宗治が確かめるように問うた。

「それもある」

上泉信綱がうなずいた。

武士はもちろん、徴用されて足軽、小者として戦場へ出される百姓たちは信心深い。なにせ、生きて帰れるという保証はない。いくら名前を大事にする武士でも生きながらえなければ、その名誉も褒賞も手にすることはできないのだ。

とはいえ、戦場での生き死には、己でどうこうできるものではなく、まさに運である。ゆえに戦場へ赴く者は、神仏を敬い、その怒りを買わないようにした。とくに武神は戦場を支配する神、そこへの乱暴狼藉《ろうぜき》は地獄へ堕ちることを覚悟することになる。

それだけではなかった。

武の本場ともいうべき鹿島神宮には、全国から武者修行の者が集まっていた。さすがに千には及ばないが、少なくとも数百の武芸者が毎日稽古に汗を流している。

鹿島神宮まで来ようかという武者たちである。誰もが一騎当千の武を誇る。それらが攻めてきた兵を黙って見逃すはずはない。

「ござんなれ」

人を斬る好機とばかりに目の色を変えて暴れる者、

「吾が神の在られるところを荒らすなぞ、許せぬ」

怒り心頭に発して抗《あらが》う者、どちらにせよ怨敵《おんてき》退散とばかりに襲いかかってくる。

「ひいっ」

「ぎゃああ」

武術に長《た》けるだけあって、足軽のお仕着せの鎧くらい両断する。

その武威に足軽は耐えられず、武将の指示など聞くことなく逃げ出す。

利少なくして、損ばかり。それをわかっていて挑む大名はいなかった。

また、鹿島神宮を支配したところで、その力を使えるわけでもない。武者修行の者の多くは牢人であり、ふらっと来て、ふらっと去っていく。とても陣営に組み入れられるものではなかった。

鹿島神宮は、戦力として貴ばれるだけではなかった。

日の本第一の武神を祀《まつ》る鹿島神宮は、大名たちからの崇敬と信仰が篤い。

「鹿島の社に無体を仕掛けるような輩と手を結ぶなど論外」

手出しは現在友好的な付き合いをしている大名を敵に回す。

「某は武神をないがしろにした」

すでに敵対している大名たちに大義名分を与えることになる。

ようは、侵略して吾がものとしようが、負けて逃げ出そうが、鹿島神宮と戦った大名に安泰の日はもうない。

「なるほど。だからこそ、これだけ静かなのでございますな」

神後宗治が納得した。

「師よ。ここではどのように」

武の聖地に来たという興奮が疋田文五郎を浮かれさせていた。

「参詣《さんけい》をいたそう」

「その後は、奉納試合でございまするか、それとも他流に挑まれまするか」

疋田文五郎が弾んだ声で問うた。

「どちらもせぬ」

「えっ」

首を横に振った上泉信綱に、疋田文五郎が呆然とした。

「なぜ、なぜでございまするか」

「今の吾では勝てぬからよ」

喰いつくように訊いた疋田文五郎に上泉信綱が嘆息した。

「師が負けるなどあり得ませぬ」

疋田文五郎が否定した。

「鹿島には塚原卜伝《つかはらぼくでん》という遣い手がおると聞きまする。せめてその太刀筋だけでも確かめては」

神後宗治が提案した。

塚原卜伝は、鹿島神宮の神官鹿島氏の四家老の一人卜部《うらべ》家の出で、鹿島神流を学んで才を現し、廻《かい》国《こく》修行を重ねたおり、鹿島新當《しんとう》流を創設した。

「いや、今回は止めておこう」

弟子の勧めを上泉信綱は断った。

「それでは、ここまで来たのはなんのためでございましょう」

神後宗治が首をかしげた。

「武田から離れるというのもあるが、誓いを立てるためよ」

「……誓い」

疋田文五郎がわからないといった顔をした。

「そうだ。そなたたちはわかっておるか。吾はまだ剣術遣いとしては浅い」

上泉信綱が首を左右に振った。

「そのようなことはございませぬ」

神後宗治が手を振って、違うと主張した。

事実、上泉信綱は長野氏に仕えていたときから弟子を取り、剣術を教えていた。

「あれは井の中の蛙《かわず》よ。吾には競う相手がなかった。向上する機を持たぬ者は剣術遣いではない」

上泉信綱が断言した。

「では、今回の廻国修行は……」

「うむ。吾が真の剣術遣いとなるためのもの」

確かめるように尋ねた神後宗治に上泉信綱が告げた。

「吾は……」

言いかけて上泉信綱が鹿島神宮の社へと目をやった。

「ここを旅立ちの場所とし、廻国修行を終えた後に戻る場所としたい。いつまでかかるか、死ぬまでできぬかも知れぬが、それでもかまわぬ。ただ、ここで途中で折れぬように誓いを立てる」

上泉信綱が社殿へと足を進めた。

「剣とはなにか、術はなんのためにあるか。それを吾が身が知るまで、ご加護賜りますよう」

柏手《かしわで》を打ち、上泉信綱が祈りを捧《ささ》げた。

終章

一

上泉武蔵守信綱《かみいずみむさしのかみのぶつな》は、長く、長く、手を合わせ瞑目《めいもく》していた。

「師……」

「厳《おごそ》かなり」

その敬虔《けいけん》なる様に疋田文五郎《ひきたぶんごろう》、神後宗治《じんごむねはる》の二人が、心打たれていた。

「…………」

どれほどのときが経《た》ったのか、上泉信綱がゆっくりと目を開けた。

「おお、師」

振り向いた上泉信綱に弟子たちが、近づこうとした。

「……どなたか」

弟子たちを手で制しながら、上泉信綱が手水場《ちょうずば》に声をかけた。

「いやあ、すまぬの。邪魔になってはいかぬと気を消していたのだが、おぬしくらいになるとかえって障りになったか」

手水場の陰から、老年の男が現れた。

「いつのまに」

「気づかぬなど……」

老爺《ろうや》の登場に、神後宗治と疋田文五郎が目を見張った。

剣術遣いと名乗る以上、背後の気配くらい感じ取れて当然なのだ。もちろん、人は神になれるわけではない。目のない背後を見通すのではなく、人が近づくことで生じる風の変化、音の発生などを注意深く察することで知覚する。当然、修練によって感じられる距離や相手の状況などは変わるが、神後宗治も疋田文五郎もすでに一流を興しても問題ないくらいの腕になっている。その二人にさえ、気《け》取《ど》らせずに近づいた老爺はただ者ではなかった。

「随分と真摯《しんし》な祈りであったが、なにを願われたのかお伺いしたい」

老爺が上泉信綱に問うた。

「願ってなどおりませぬ」

「なんと、願いなしで神に祈るか」

上泉信綱の答えに老爺が驚いた。

「願いを言える立場ではございませぬので」

「立場……神の前に人が立つのに、そのようなものは不要であろう。神の前では人は皆等しい」

首を左右に振った上泉信綱に、老爺が返した。

「たしかに、神の前では皆無力でございますな」

上泉信綱が皮肉げに嗤《わら》った。

「差し障りがなければ、年寄りの無聊《ぶりょう》を慰めると思って、神に祈れぬわけとやらをお聞かせくださらぬかの」

老爺が近づきながら求めた。

「入道《にゅうどう》どののお頼みとあれば、やぶさかでなし」

「ほう、儂《わし》を知っておるか」

うなずいた上泉信綱に老爺が感心した。

「気配をまったく見せられませぬ。これだけのことができるのは、この鹿島《かしま》に名人上手が山のごとく集まってこられようとも、ただお一人。新當流《しんとう》の創始者塚原《つかはら》土佐《とさ》入道どののみ」

上泉信綱が指摘した。

「塚原……」

「まさか、卜伝《ぼくでん》」

弟子二人がその名に息を呑《の》んだ。

「たしかにその土佐入道ではあるがの。もう、世を捨てた隠居じゃ」

老爺が苦笑した。

「あらためて名乗りをいたしましょう。上泉武蔵守信綱でございまする」

両手を身体《からだ》に沿わせ、上泉信綱が腰を折った。

「承った。塚原土佐入道卜伝でござる」

塚原卜伝が名乗りを受けて応じた。

「なるほど。武蔵守どのなればじゃな。あまりに大きな気を感じて、それほどできる者が鹿島におったならば顔を見てやろうと思って、出て参ったが……武蔵守どのとあれば納得いたす」

「畏《おそ》れ入ります」

褒め言葉に上泉信綱が頭《こうべ》を垂れた。

「ところで、先ほどの神へ願わぬという話を聞かせてもらえるかの」

「おもしろいものではございませぬが」

「かまわぬよ。鍛えた力、熟達の技も老いには敵《かな》わぬ。新當流を創《つく》ったが、弟子に教えることも難しくなった。ようは、弟子にこえられてしまったのよ。今では名前だけにすがる老爺でしかない。暇は売るほどある。退屈を紛らわせてくれるならば、三日でも四日でも歓迎するぞ」

渋る上泉信綱に塚原卜伝が述べた。

「では、慰みとなるならば」

上泉信綱が首を縦に振った。

「それはありがたし。かといって、神前で心願の話をするのは不敬よな。どれ、陋屋《ろうおく》へご案内するといたそうか」

塚原卜伝が背を向けた。

鹿島氏の四家老の生まれとはいえ、塚原家へ養子に出た卜伝は、家付きの娘を妻に娶《めと》り、息子を一人儲《もう》けている。

「家督は息子に譲っておってな。今は弟子の一人松岡兵庫助《まつおかひょうごのすけ》のもとに厄介となっておる」

歩きながら塚原卜伝が現在を語った。

「松岡兵庫助どのといえば、新當流を継がれたお方でございましょう」

上泉信綱が聞いたことがあると言った。

「新當流を譲ったが、もともとは鹿島神宮の大祝《おおはふり》職を受け継ぐ家柄でな」

祝とは、宮司《ぐうじ》、禰宜《ねぎ》に次ぐ神職で、神と人を結ぶ役目を果たす。そのなかでも格別の家柄の者を大祝と呼んだ。

家臣としては、鹿島氏を支える、塚原卜伝の生家卜部《うらべ》家を含む四家老の下に松岡はなるが神官としての地位は高く、鹿島氏のなかではなかなかの威勢を誇っていた。

「ここでござる」

大祝を務める松岡氏の屋敷は神宮から近い。塚原卜伝が開かれていた門を潜《くぐ》った。

神職とはいえ、鹿島氏の部将も兼ねる。松岡兵庫助の屋敷は、塀が高く、門も鉄板を補強に使うなど、立派な造りであった。

「師匠、お戻りでございましたか」

すぐに松岡兵庫助が迎えに出た。

「彦十郎《ひこじゅうろう》、すまんの。客人を連れてきた」

師匠とはいえ、今は生活のすべてを松岡兵庫助に頼っている。

塚原卜伝が申しわけなさそうに話した。

「お客さまとは珍しい」

新當流を譲って以来、塚原卜伝の剣名を慕ってくる者、破って名をあげようとする者、すべてを拒んできた。

その塚原卜伝が客を連れてきたことに、松岡兵庫助が驚いた。

「うむ。こちらが上泉武蔵守どのじゃ。後ろの二人はお弟子よ」

「上泉武蔵守……」

武田《たけだ》家に抵抗を続けた武将として名高い上泉信綱の登場に、松岡兵庫助が目を丸くした。

「不意の来訪をお詫《わ》びいたす。上泉武蔵守でござる。これなるは弟子の神後宗治、甥《おい》で弟子でもある疋田文五郎」

ていねいに上泉信綱が告げた。

「これはお名乗りかたじけのうございまする。師より新當流を受け継ぎました松岡兵庫助でございまする。とてもご満足いただけるおもてなしはできませぬが、どうぞ、こちらへ」

「いえ、それには及びませぬ」

客間への案内を上泉信綱が断った。

「儂が招いたのじゃ。離れでな」

塚原卜伝が頭を掻《か》いた。

「わかりましてございまする。とはいえ、なにもせずにお客人を帰したとあっては、当家の名折れ。後ほど粗餐《そさん》を差しあげたく」

「遠慮してはかえって失礼。では、遠慮なく甘えさせていただきまする」

廻国《かいこく》修行は地の人の厚意に支えられる。

上泉信綱が一礼した。

「……狭いところじゃが、吾《わ》が家と思うてくつろいでくれ」

塚原卜伝が離れに上泉信綱らを連れこんだ。

「いえ」

首を横に振りながら、上泉信綱が心中驚愕《きょうがく》していた。

最高時は八十人の弟子、三羽の鷹《たか》、替え馬を連れて、堂々と天下を巡ったといわれる塚原卜伝の住まいとして、離れはあまりに狭かった。

「狭かろう」

塚原卜伝が上泉信綱の隠した思いを当てた。

「いささか」

見抜かれた上泉信綱が、申しわけなさそうに答えた。

「ふふふ。まあ、そう思うのは当然じゃろうな。功成り名を遂げた者の終《つい》の棲家《すみか》としては小さい。だが、それでよいのよ」

笑いながら塚原卜伝が続けた。

「人というのは、飯を食い、糞《くそ》を出し、寝る。これだけできれば生きていける。御殿のような屋敷に住んだところで、使わぬところのほうが多かろう。手狭なほうがなにをするにも便利であるしな」

塚原卜伝が語った。

「言われてみれば……」

もう一度上泉信綱が離れのなかを見回した。

「常に使うものは、すべてそろっておるでの」

「まさに」

苦笑しながら口にした塚原卜伝に上泉信綱が首肯《しゅこう》した。

「では、白湯《さゆ》しかないが、少し口を湿してから話をしてくれや」

塚原卜伝が湯飲みを差し出しながら、上泉信綱を促した。

「では、お慰みではございますが……」

上泉信綱が姿勢を正した。

「わたくしは先日まで上州《じょうしゅう》箕輪《みのわ》城主長野《ながの》家に仕えておりました。乱世の常、上州の支配を狙った近隣の大名が箕輪城へと攻めかかって参りました。それをわたくしどもは迎え討ちましてございまする」

「当然のことではないか。降りかかる火の粉は払うもの。やむを得ぬところでござろう」

塚原卜伝がなだめてくれた。

「わかっておりまするが、拙者が奪った命、そのほとんどは駆り出された百姓でございました。血相を変え、こちらを見ることもなく、うつむきながら必死に槍《やり》を繰り出して参りました」

喉がひりついたのか、上泉信綱は白湯を一息に飲んだ。

「まだ侍ならばよかった。死ぬ覚悟を決めておりまする。しかし、徴用された足軽《あしがる》どもは、違いまする。死にたくないの一心で突っこんで参りまする。それを無慈悲にも拙者は殺しましてござる」

「…………」

無言で塚原卜伝が先を促した。

「生きて帰れますように……おそらく足軽どもは、そう神に願っていたはずでございまする」

年貢の一つとして、百姓には村ごとに戦場足軽か小者《こもの》を何人か出すことが決まっていた。

当たり前だが、普段は田畑を耕しているだけの百姓なのだ。槍の持ち方も形だけ、後ろから味方の武将に追い立てられなければ、そのまま逃げ出しそうなほど弱い。

「それらを何十、それ以上、拙者は斬って参りました。ああ、断っておきまするが、そのことを後悔はしておりませぬ。やらなければ、やられる。しかも拙者だけでなく、弟子たち、他の兵たちも」

上泉信綱が小さくため息を吐《つ》いた。

「とはいえ、生きたい、無事に故郷へ帰りたいという願いを無にしてきたのはまちがいないこと。因果応報ではございませぬが、他人の心願を潰《つぶ》してきたのでございまする。その拙者が神に願うなど、厚顔無恥にもほどがあるかと」

「なるほど、理屈に合っておるの。では、なにを祈っておられたのだ。かなり長かったがの」

話を聞き終えた塚原卜伝が尋ねた。

「誓っていたのでございまする。廻国修行を無事に終え、今より剣の真髄に少しでも近づいたとき、ふたたびこの地を訪れますると」

「誓いか。それはよきかな」

塚原卜伝が膝《ひざ》を打った。

「ならば、先達の役目として、一つ廻国修行の肝《きも》となること、いや、剣術遣いのもっとも大切なことを教えるとするかの」

「剣術遣いにとってもっとも大切なこと……是非にお教えをいただきたく」

上泉信綱が両手を突いて頭を垂れた。

「お楽になされ。それほどたいしたことではござらぬでな」

手で塚原卜伝が顔を上げるようにと、上泉信綱に勧めた。

二

顔を上げた上泉信綱に塚原卜伝が口を開いた。

「……武蔵守どのよ。剣術遣いにとって、もっとも大事なことはただ一つ。負けぬ。この一事に尽きる」

「負けぬ……」

予想外の言葉に上泉信綱が唖然《あぜん》とした。

「驚かれたかの」

塚原卜伝が頬《ほお》を緩《ゆる》めた。

「当たり前のことじゃ。負ければ、剣名は地に落ちる」

一度塚原卜伝が間を挟んだ。

「儂も武蔵守どのも、新たな流派を開いた。つまりは、もとの流派をこえたと宣言したことになる。前の流派では満足できなかったと天下に公言したも同然」

「それは、違いまする。新流を立てたのは吾が考えが正しいかどうかを確かめるため。吾が思い正しければ、流派は後世に伝えられましょう。でなくば吾が一代で消え去るだけ。決して陰流《かげ》に不足があったわけではございませぬ」

　上泉信綱があわてて訂正をしようとした。

「悪いがおぬしの思いは違っても、世間はそうは取らぬ。愛洲移香斎《あいすいこうさい》どのが創られた陰流、すべての剣術の祖とも言えるその陰流の名前を汚すまいとして、すべての悪名を吾が身に受けるために流派を立て、陰流から離れた。そこまで気づいてくれる者がどれほどおろうかの」

「わかる御仁だけが……」

「甘いの」

　塚原卜伝が一刀のもとに切って捨てた。

「世間の評判は、その一部が作っているわけではない。噂《うわさ》を聞いて、それを信じる大多数の民たちが拡《ひろ》げていくもの。そして噂で拡がったことほど真実として受け入れられる。わかっている人だけが、わかればいいなど傲慢《ごうまん》じゃ」

「………」

　言われた上泉信綱が黙った。

「剣術遣いとしてやっていくならば、世間を気にしたほうがいい」

　もう一度塚原卜伝が釘《くぎ》を刺した。

「負けは流派の死を意味する。流祖より、強い者はおらぬのだ。その流祖が廻国修行で負けたとなればどうなる。おぬしの剣名が失墜《しっつい》するだけではなく、弟子たちにも恥を掻かせる。他にも後ろ盾《だて》となってくれた人、援助してくれた人にも迷惑をかける」

「それは……」

まちがいのない事実に上泉信綱が肩を落とした。

「負けられぬ。いや、負けてはならぬ。廻国修行をしている武芸者は一敗地にまみれることは許されぬ。次の機会があってはならないのだ」

「負けず……そのようなことができましょうか」

上泉信綱が首をかしげた。

「できる」

「なんと、無敵となる方法があるとは……」

はっきりとうなずいた塚原卜伝に、上泉信綱が驚愕した。

「簡単なことだ。負けたくなければ、戦わねばよい」

「なにを……」

塚原卜伝の発言に上泉信綱が呆然《ぼうぜん》とした。

「戦わなければ、負けはない。そうであろう」

「まちがいではございませんが……戦わぬ武芸者などどれほどの意味が」

上泉信綱が、戸惑った。

「負けてはならぬとあれば戦わぬしかあるまい。だからこそ、儂は弟子を八十人から連れて歩いた」

「では、弟子を盾に」

「弟子を盾になどできるか、阿呆《あほう》」

非難の口調になった上泉信綱を塚原卜伝が叱《しか》った。

「八十人もいるのだぞ。端《はな》から挑んでなど来るものか」

塚原卜伝が吐き捨てた。

「もちろん、弟子の数をものともせず、儂に一騎打ちを望んできた者はいた。だが、道場破りと同じ作法でいけば、大概の者はあきらめる」

道場破りの作法とは、挑戦してきた剣術遣いをまず弟子たちと戦わせることだ。

「そのていどの腕で、儂に挑むなど思いあがりも甚だしい」

師匠はそう言って後ろでふんぞり返っていればいい。

弟子が敗れたら次、その次と延々相手をさせる。人というのはどれだけ鍛錬を積んでも、どこかで集中は切れる。そこに連戦の疲れがたまる。

「どれ、少し稽古《けいこ》を付けてやろうか」

相手が十二分に疲弊《ひへい》したところで、満を持して出てくるのは、まだまし。

「身の程を教えてやれ」

そのまま弟子たちになぶり殺しにさせるほうが多い。

八十人もの弟子を連れていれば、そうするぞと公言しているも同然。挑もうとする者はまず出てこない。

さらに八十人の弟子がいれば、不意討ち、待ち伏せ、罠《わな》も仕掛けられない。弟子を連れていないと野宿のたびに、夜襲への警戒が要る。宿屋でも奇襲をかけられる虞《おそれ》はある。そんな夜を過ごせば、剣術遣いといえども三日ほどで倒れる。

上泉信綱が神後宗治と疋田文五郎を連れているのも、夜討ち朝駆けをかけられないためである。三人の内、一人が寝ずの番をすれば、残り二人は十二分な休息を取れる。これが二人だと、さすがに長期にわたると辛《つら》い。

上泉信綱もなんとか名をあげようとする剣術遣いへの対策はおこたっていなかった。

「なるほど」

塚原卜伝の狙いを上泉信綱は納得した。

「廻国修行というのは、新設したばかりの吾が流派を世間にお披露目《ひろめ》するのが、第一の目的じゃ。もう一つは、己より強い者がいることを確認し、対処法を考えるため」

「教えを請うではいけませぬのか」

「いかぬな。教えを請うた段階で、上下ができる。相手の門下に入ったと取られてもしかたがなくなる。それでは、流派を立てた意味はなくなろう」

「はい」

上泉信綱が塚原卜伝の意見を素直に受け入れた。

「剣術遣いはな、他人に人殺しの技を仕込むのが仕事じゃ。決して、他流に喧嘩《けんか》を売って、相手を倒すのが本分ではない」

塚原卜伝が断言した。

「だが、それを剣術遣いの役目だと思いこんでいる愚か者が多くなってきた。今は乱世じゃ、力を持つ者が有利だというのもあろう」

「そのとおりかと」

「わかっておるな、さすがは武蔵守どのよ。老人の悔いを受け入れてくれるか」

塚原卜伝が満足そうに笑った。

「狭いが、ここでよければ数日滞在していかれよ」

「かたじけなきお話でございまする。是非、廻国修行のことなどお聞かせいただければ幸い」

「少し前のことだでな、今では変わっているやも知れぬが、土産《みやげ》話をさせていただこうか」

塚原卜伝が上泉信綱の願いを受け入れた。

「……師よ、灯《あか》りを」

興が乗った塚原卜伝の話は日が傾くまで続いた。

辺りが暗くなったのを気にした松岡兵庫助が灯明を持って、顔を出した。

「もう、そんな刻限かの。夢中になったたわ」

「気づきませんでした」

塚原卜伝と上泉信綱が顔を見合わせて苦笑しあった。

「灯を入れましょう」

松岡兵庫助が、灯明から灯台に火を移した。

「いや、油は貴重でござれば、今宵《こよい》はこれで」

油は高い。上泉信綱が遠慮した。

「お気遣いなされぬよう。神宮には油座の者どもからの寄進がござれば」

松岡兵庫助が手を振った。

座というのは、同業者たちが一つとなって己たちの権益を守る集まりのようなものだ。ただ、集まっているだけではなんの意味も力もないので、その地で力を持っている寺院や神社に多大な寄進をして、その庇護《ひご》を受ける。大名や国人を頼ることがあまりないのは、武士は戦で滅ぼされたり、より強い大名に支配されたりするからであった。庇護を受けていた大名や国人が滅ぼされたとき、座も巻きこまれる。献上が増えるだけならまだいい。潰されてしまうこともある。

幸い、命の遣《や》り取りを日常としている武家は、信仰心が強い。寺院や神社の庇護を受けていれば、まず無事であったし、なにより、神の名で新たな座の誕生を防げた。

「なるほど」

上泉信綱が納得した。

「まあ、今日はここまでとしようぞ。腹も減ったでな」

塚原卜伝が続きは明日以降だと宣した。

三日、塚原卜伝のもとで過ごした上泉信綱は、名残を惜しみながら出立することにした。

「きっと戻って参りますれば」

「おうよ。今度は武蔵守どのの土産話を聞かせていただこう」

上泉信綱の一礼に、塚原卜伝がうなずいた。

「もっともそのときまで、鹿島が無事であればよいがの」

塚原卜伝が声を潜めた。

「武神に手出しする者が……」

「親子兄弟が殺し合う時代じゃ、神だからといって安寧ではすまぬ」

合わせて声を小さくした上泉信綱に、塚原卜伝が首を横に振った。

「もともと鹿島氏は神宮を預かっているということで、争いから外れられていたが、そろそろ無理が来ている。最近、上のほうが争いを始めた」

鹿島氏の家督を巡って、当主治幹《はるもと》の次男氏幹《うじもと》、三男義清《よしきよ》が家中を二つに割っていた。

さらに悪いことに内部の味方だけでは勝てぬと考えたのか、氏幹は千葉《ちば》氏に、義清は江戸《えど》氏に助力を願っている。

「愚かなり、この乱世で一族が割れて生き残れるはずなどないというに」

あきれたように塚原卜伝が嘆息した。

「……すまなんだな。武蔵守どのにはかかわりのないことであった。旅立ちに不吉を申すべきではなかった」

「いえ」

塚原卜伝の詫びに、上泉信綱は黙礼するだけに止《とど》めた。

鹿島氏の内紛は上泉信綱にかかわりのないことであった。剣術遣いは俗世の争いから離れていなければならなかったということもあるが、それよりもむしろ、どちらかに与《くみ》してしまえば、その縁が廻国修行に邪魔となる。上泉信綱が与した側と敵対した勢力の国への出入りができなくなる。悪くすると、そこで争いになることもあった。

剣術遣いの廻国修行などと偉そうに言っているが、実態は旅の空の下で芸を見せて、投げ銭をもらう軽業《かるわざ》師、猿回しなどと同じで、無縁に含まれる。

「発《た》つに際し、一つ先達として忠告をしよう」

塚原卜伝が上泉信綱を見た。

「お願いをいたしまする」

上泉信綱が傾聴の姿勢を取った。

「ここより寄り道をなさらず、一路京を目指されよ」

「京をでございまするか」

「さよう。諸国を見て学ぶなどと申したところで、京以外は見所もなし」

「各地に名人上手は」

「おらぬ」

問うた上泉信綱に塚原卜伝が首を横に振った。

「たしかに、その地、その地に武芸者はおる。だが、本当に名を求める者は、京へ行く。いくらその地で一番だと言ったところで、天下では何番目かなどわかるまい」

「大海を知らぬ井の中の蛙《かわず》だと」

「うむ」

上泉信綱の喩《たと》えに塚原卜伝がうなずいた。

「されど京は違う。京は天下の中心、今上帝《きんじょうのみかど》を筆頭に、五摂家、公家衆がおり、室町《むろまち》の将軍もあられる」

「…………」

塚原卜伝の話に上泉信綱が集中した。

「そして、天下に手の届く大名がいる」

「将軍があられるというのに、天下に手が届く大名……」

上泉信綱が首をかしげた。

「将軍は今や飾りじゃ」

「飾り」

塚原卜伝の表現に上泉信綱が唖然とした。

「御輿《みこし》と言うほうがよいかの。とりあえず、担がれるだけでなんの力もない」

大きく塚原卜伝がため息を吐いた。

「やはり、将軍には力がない……」

上泉信綱も嘆息した。

「わかっていたのか」

塚原卜伝が少し驚いた。

「将軍家に力があれば、天下は麻の如く乱れるはずはありますまい」

つい先日まで武田と命を懸けて戦っていたのだ。将軍家に大名を抑える力があるならば、先代で知将とうたわれた長野業政《なりまさ》が、和睦の仲介を求めていないはずはなかった。

「では、今、もっとも天下人《てんかびと》に近い大名家はどちらでしょうか」

「京を押さえている三好《みよし》どのであろうよ」

「三好……」

「本国は阿波《あわ》と聞いておる。管領細川《かんれいほそかわ》家の家臣で、主家を追い出して大名となった。その領国は、阿波、山城《やましろ》、讃岐《さぬき》、淡路《あわじ》、大和《やまと》、摂津《せっつ》と丹波《たんば》、河内《かわち》、和泉《いずみ》、播磨《はりま》の一部に及ぶという」

「それは大きい」

上泉信綱が驚愕した。

精強な将兵を抱える武田でさえ、甲斐《かい》と駿河《するが》、信濃《しなの》、上野《こうずけ》の一部しか支配できていない。関東の雄といわれている北条《ほうじょう》家も、相模《さがみ》、伊豆《いず》、上野の一部である。

三好の勢力がどれほど大きいかわかる。

「となると天下は三好どのが」

「なるまいな」

確認を求めた上泉信綱に、塚原卜伝が首を左右に振った。

「ならぬと仰せか」

「ああ。人がおらぬ」

「人がないのに、京を押さえ、五カ国以上を支配できましょうや」

上泉信綱が疑問を呈した。

「傑物がいたのだ」

「いた……」

過去形に上泉信綱が引っかかった。

「倒れたのよ、病でな。去年のことだ」

すでに一年近い日が経っているが、内部対立が露《あら》わになるには早い。

「なるほど、それでまだ三好家が崩れるところまではいっていない」

塚原卜伝の言葉に、上泉信綱が首肯した。

「三好修理大夫《しゅりのだいぶ》長慶《ながよし》どのはな、主家細川の策によって父を殺された。それを知りながら、細川家に仕え、雌伏《しふく》のときを過ごされ、そして機を見て主家を追い出し、三好家の飛躍を作り出された。まさに一代の英雄であった」

「それほどに」

上泉信綱が塚原卜伝の称賛に目を大きくした。

「ああ。あと十年、いや五年修理大夫どのが壮健であれば、天下は新たな主のもとで定まったかもしれぬ」

「なんと、それほどのご器量人でござったか」

上泉信綱がさらに驚いた。

「跡継ぎどのはおられるのでござろう」

「嫡子どのは父より先に逝《ゆ》き、弟の子を養子にしていたと聞いたが……」

塚原卜伝が力なく首を横に振った。

「修理大夫どのなればこそ、一つにまとまっていたのだ。まず、傍系から入った養子どのでは家中が治まるまい」

「騒乱……」

京が荒れると上泉信綱が予想した。

「三好家が割れると」

「割れぬはずはない。一人の傑物の下に集まった連中ぞ。それも有象無象ではない一癖も二癖もある武将ばかりだ。手綱《たづな》を持つ者がいなくなれば、勝手気ままにあちらを向き、こちらを向きするだろう」

塚原卜伝が断言した。

「どのくらい保《も》ちましょう」

「わからん。儂は武芸者で武将ではない。一年か、三年か。どちらにせよ、そう遠くないだろう」

大きく息を吐きながら、塚原卜伝が続けた。

「余裕はない……」

「そうじゃ。京を押さえている三好が割れる。二つに割れるか、三つに割れるか、あるいはもっと大きく割れるかはわからぬが、そのすべてが京を支配しようとするだろう。京には朝廷がある。朝廷を手に入れた者が、大義名分を手にする」

「将軍家ではございませぬのか」

「仲がいいはずなかろう。京は将軍の居場所でもある。その京を三好という細川家の陪臣《ばいしん》出が支配していて、将軍が機嫌よく過ごしているとは思えまい」

上泉信綱の問いに、塚原卜伝があきれた。

「将軍家にとっても、三好が割れるのは好機……」

「剣術どころの話ではなくなりかねぬ」

身を震わせた上泉信綱に、塚原卜伝が告げた。

「急いだほうがよいとのご助言、かたじけなし」

上泉信綱が塚原卜伝に頭を垂れた。

「では、またお目にかかりましょう」

「楽しみにしている」

あえて上泉信綱は別れではなく再会を口にし、それに塚原卜伝が笑顔で応じ、二人の邂逅《かいこう》は終わりを告げた。

三

京へ急ぐといったところで、船で大坂まで行くというわけにはいかず、鹿島から街道を進むことになった。

「是非、一手ご指南を」

途中で上泉信綱だと気づいた大名や国人領主、剣術遣いなどからの要請もあった。

「京へ急ぐ用事がございますれば」

「……京、朝廷でござるか、室町第《むろまちだい》で」

「申しあげるわけには参りませぬ」

真贋《しんがん》を確かめようのない上泉信綱の話だが、否定するだけの要素もない。

「なれば、是非に帰りにお立ち寄りを」

まとわりつくわけにはいかなかった。本当に朝廷、あるいは将軍家からの召喚であれば、それを邪魔したことになるのだ。

「不遜《ふそん》なり」

「無礼千万じゃ」

朝廷も将軍もその者に直接罰を与えるだけの力はないが、周辺の大名や国人領主へ征討を命じることはできる。

「朝敵め」

「御台命《ごたいめい》なり」

戦を仕掛ける大義名分が降ってきた。

普段、朝廷にも幕府にも敬意を持っていない連中だが、利になるとわかればたちまち忠臣になる。

それがわかっているからこそ、上泉信綱の旅は順調であった。

「神々には額《ぬか》ずく」

剣術遣いの最終目的は、武神にいたることである。神への崇敬は篤《あつ》い。

上泉信綱は、冨士浅間《ふじせんげん》神社、熱田《あつた》神宮、そして伊勢《いせ》神宮へと参詣《さんけい》した。

「伊勢から京へ向かうに、今さら桑名《くわな》まで戻るのも面倒なり」

一行は伊勢から伊賀《いが》国を通って京へ足を進めた。

廻国修行とはいえ、無理をして野宿をするわけではなかった。

野宿はやむを得ないときだけで、普段は寺や裕福な百姓家、国人領主の館《やかた》を一夜の寝床として借りる。

「さすがに挨拶《あいさつ》なしとはいかぬ」

上泉信綱は、伊勢の国司《こくし》を代々務めている北畠《きたばたけ》氏の居城霧山《きりやま》御所へ立ち寄った。

「そなたが上泉武蔵守か」

正三位《しょうさんみ》北畠権中納言《ごんちゅうなごん》具教《とものり》が上泉信綱を歓迎した。

権中納言という高官を与えられるのは、北畠氏が村上源氏《むらかみげんじ》中院家《なかのいんけ》の初代通方《みちかた》の庶子雅家《まさいえ》を祖とする公家の出で、代々伊勢国司を世襲してきた名門だからであった。

それだけならば、わざわざ上泉信綱は霧山御所に立ち寄らなかった。

「一《ひとつ》の太刀を見せてやったわ」

鹿島で聞いた塚原卜伝の話に北畠具教の名前が出てきたからであった。

「どれ、早速」

木剣を手に、北畠具教が上泉信綱に挑んできた。

「……参った」

北畠具教の手筋を数合見た上泉信綱が、するりと拍子を外した一撃を喰らわせた。

「差がありすぎるわ」

北畠具教が苦笑して、上泉信綱を客間へ案内した。

「実戦の経験もあるつもりだったが……」

客間に落ち着いた北畠具教が嘆息した。

伊勢の国司を世襲している名門とはいえ、ときの流れにその勢いを左右されてきた。堕《お》ちたときは、各地の国人領主が台頭し、一門の離反もあった。

それらを北畠具教は実力で排除、あるいは従わせ、一代の隆盛を作りあげた。北伊勢の有力な国人領主だった長野氏を支配下に、志摩《しま》の水軍大将であった九鬼《くき》家を追い出すなど戦いの経験も豊富であった。

「雑兵《ぞうひょう》ばらを幾人斬ったところで、名手には敵わぬか」

武を好むだけに、北畠具教は相手の強さを認める度量を持っていた。

「畏れ入りまする」

ここで、いえ勝負は時の運だとか、鋭い切っ先に身が縮みましたとか、下手に持ちあげたり、謙遜《けんそん》するのは、かえって相手を下に見ていることになる。

上泉信綱は木剣を背中に回すと、一礼した。

「土佐入道とどうであろうや」

北畠具教が塚原卜伝と上泉信綱を比べた。

「今は勝てませぬ」

「……今は……か」

北畠具教がにやりと笑った。

「武蔵守、そなた柳生《やぎゅう》という名を知っておるか」

「あいにく存じませぬ」

上泉信綱の故郷である上野から、畿内《きない》は遠い。よほど大きな戦で大手柄を立てたとかでもなければ、その名前が届くことはなかった。

「ふっ、無理もないの」

小さく北畠具教が唇を緩めた。

「大和に柳生という山間《やまあい》の郷《さと》がある。柳生家はそこの国人領主じゃ」

北畠具教が話を続けた。

「柳生新左衛門《しんざえもん》という者でな。歳頃《としごろ》は三十をこえたあたりか。新當流を学んでいたかかわりでな、余とも面識がある」

「塚原卜伝どのが門下であられると」

「違うな。塚原土佐入道は、なかなか手ずから教え導かぬ。新左衛門は神取新十郎《かとりしんじゅうろう》の門下じゃ」

暗に北畠具教は柳生新左衛門と同じにするなと言っていた。

「ご無礼を」

「知らぬとしても、しかたあるまい。柳生の名前など、大和がせいぜいだからの」

詫びた上泉信綱に北畠具教が手を振った。

「悪いが一つ頼まれてやってくれぬか」

北畠具教が上泉信綱を見た。

「権中納言さまのお頼みとあれば」

剣術遣いとしての力ならば上泉信綱が北畠具教に勝つ。百度勝負しても百度とも上泉信綱が勝利を収める。しかし、世間での力では、比べものにならなかった。

北畠家は伊勢と志摩を手中にしている大名である。といったところで伊勢も志摩も田畑には向かず、伊勢湾を使った交易の利で領地を維持している。石高でいけば三十万石を少しこえるていどで、動員できる兵力も五千が限界であった。それでも牢人《ろうにん》でしかない上泉信綱の数百倍の戦力を保持している。

「討ち果たせ」

北畠具教が一言そう命じるだけで、上泉信綱は霧山御所から出られなくなる。

「新左衛門に逢《あ》ってやってはくれまいか」

「…………」

もちろん否やはない。ただ、逢うだけでいいのかを上泉信綱は無言で問うた。

「できれば、手ほどきをしてやって欲しいのじゃ」

「すでに新當流を学んでおられるのにでございますか」

北畠具教の求めに上泉信綱が首をかしげた。

「たしかに新當流門下としていっぱしの腕にはなっておると思う。だが、余はそれだけで終わるとは思えぬのだ」

「そこまで柳生どのを買っておられる」

「買っているというより、あやつの剣を見ておると、なにやら窮屈《きゅうくつ》な気がしてならぬのだ」

「窮屈……」

「うむ。身に合っておらぬ着物に、むりやり身体を入れているような」

もどかしそうな感じで北畠具教が述べた。師は違うといえ、ともに新當流を学ぶ者同士として、北畠具教は柳生新左衛門を気に懸けていた。

「なるほど」

上泉信綱が納得した。

「行ってくれるか」

「わたくしが役に立つかどうかはわかりませぬが、柳生どのとお話をいたしてみましょう」

身を乗り出した北畠具教に、上泉信綱が首を縦に振った。

「礼ではないが、公方《くぼう》さまにそなたのことお知らせしておこう」

北畠家は南朝の忠臣として、足利《あしかが》家と戦った過去を持つが、それからすでに二百年以上経つ。名門公家大名として、足利将軍家とも良好な関係を構築している。とくに北畠具教は剣術を通じて武芸好みの十三代室町将軍足利義輝《よしてる》と交流が深かった。

「かたじけのう存じまする」

京へ出向く上泉信綱にとって、将軍家との伝手《つて》はなによりもありがたいものであった。

「数日、旅の疲れを癒《い》やすがよい」

北畠具教が上泉信綱の逗留《とうりゅう》を認めた。

「お世話になりまする」

上泉信綱は数日霧山御所に滞在、北畠家の臣たちに新陰流の手ほどきをして過ごした。

「では」

家臣に一通りの剣を見せたところで、上泉信綱は別れを北畠具教に告げた。

「うむ。頼むぞ」

北畠具教に見送られて、上泉信綱は大和柳生の郷へと足を踏み出した。

——第一部　完

小学館文庫
好評既刊

勘定侍 柳生真剣勝負〈一〉
召喚

上田秀人

ISBN978-4-09-406743-9

大坂一と言われる唐物問屋淡海《おうみ》屋の孫・一夜は、突然現れた柳生家の者に御家を救えと、無理やり召し出された。ことは、惣目付《そうめつけ》の柳生宗矩《むねのり》が老中・堀田加賀守《かがのかみ》より伝えられた、四千石の加増にはじまる。本禄と合わせて一万石、晴れて大名となった柳生家。が、大名を監察する惣目付が大名になっては都合が悪い。案の定、宗矩は役目を解かれ、監察される側に立たされてしまう。惣目付時代に買った恨みから、難癖をつけられぬよう宗矩が考えた秘策が一夜だったのだ。しかしなぜ召し出すのが商人なのか？　廻国中の柳生十兵衛も呼び戻されて。風雲急を告げる第１弾！

勘定侍 柳生真剣勝負〈二〉
始動

上田秀人

ISBN978-4-09-406797-2

弱みは財政——大名を監察する惣目付《そうめつけ》の企てから御家を守らんと、柳生家当主の宗矩《むねのり》は、勘定方を任せるべく、己の隠し子で、商人の淡海屋《おうみや》一夜《かずや》を召し出した。渋々応じた一夜だったが、柳生の庄で十兵衛に剣の稽古をつけられながらも石高を検分、殖産興業の算盤を弾く。旅の途中では、立ち寄った京で商談するなどそつがない。が、江戸に入る直前、胡乱《うろん》な牢人らに絡まれ、命の危機が迫る……。三代将軍・家光から、会津藩国替えの陰役を命ぜられた宗矩。一夜の嫁の座を狙う、信濃屋の三人小町。騙し合う甲賀と伊賀の忍者ども。各々の思惑が交錯する、波瀾万丈の第２弾！

小学館文庫
好評既刊

勘定侍 柳生真剣勝負〈四〉
洞察

上田秀人

ISBN978-4-09-407046-0

女中にして見張り役の伊賀忍・佐夜を傍に、柳生家勘定方の淡海《おうみ》一《かず》夜《や》は、愚痴りながら算盤《そろばん》を弾いていた。柳生家が旗本から大名となったお披露目に、お歴々を招かねばならぬのだ。手抜かりがあれば、弱みを握られてしまう宴席に、一夜は知略と人脈を駆使する。一方、柳生家改易を企み、一夜を取り込まんとしたが、失敗に終わった惣目付の秋山修《あきやましゅ》理亮《りのすけ》は、ある噂を耳にし、再び甲賀組与力組頭の望月土佐を呼び出す。さらに柳生の郷では、三代将軍家光が寵愛する友矩《とものり》に、老中・堀田加《か》賀守《がのかみ》が送り込んだ忍の魔手が迫る！　一夜の策は功を奏すのか？　間一髪の第４弾！

小学館文庫
好評既刊

勘定侍 柳生真剣勝負〈五〉
奔走

上田秀人

ISBN978-4-09-407117-7

柳生家の瓦解を企む老中・堀田加賀守《かがのかみ》が張り巡らせた罠をことごとくすり抜けた、勘定方の淡海《おうみ》一《かず》夜《や》。なおも敵に体勢を立て直す余裕を与えまいと、不意打ちの如く加賀守の屋敷まで赴き、驚愕の密約を持ちかけた。三代将軍・家光の寵愛《ちょうあい》を独り占めにしたい加賀守。一刻も早く士籍を捨て帰坂、唐物問屋を継ぎたい一夜。互いに利を見出す密約の中身とは？　一方、十兵衛は柳生の郷を出て大坂へと向かい、宗矩《むねのり》は家光から命じられた会津藩加藤家への詭計を画策する。さらに一夜をともに慕う、信濃屋の長女・永《と》和《わ》と女伊賀忍・佐夜が、相まみえる！　乾坤一擲《けんこんいってき》の第５弾！

小学館文庫
好評既刊

勘定侍 柳生真剣勝負〈六〉 欺瞞

上田秀人

ISBN978-4-09-407188-7

一夜が居候する駿河屋《するが》に淡海屋《おうみ》七右衛門から焼き物が届いた。大坂一の商人が出した謎かけを受けて立った総衛門は、早速焼き物を手に老中・堀田加賀守《かがのかみ》の屋敷へ。その頃一夜は伊賀忍の素我部《すがべ》を呼び出し、柳生家を危うくする計略を耳打ちしていた。素我部からの知らせを聞き、一夜に激怒する柳生藩主の宗矩《むねのり》。三代将軍家光が寵愛《ちょうあい》する柳生左門を巡り、敵味方の奇策が飛び交う中、一夜は秘密裏に旅支度を備える。そして上方では、信濃屋の長女・永和《とわ》が一夜を心配するあまり、住み込みで手伝っていた淡海屋を飛び出そうと七右衛門と押し問答に……。大車輪の第６弾！

勘定侍 柳生真剣勝負〈七〉
旅路

上田秀人

ISBN978-4-09-407265-5

淡海《おうみ》一夜《かずや》は柳生十兵衛と国元へ向かっていた。ようやく辿り着いた箱根だったが、小田原藩の横目付と関所番頭から足止めの嫌がらせに遭う。一方、信州高遠《たかとお》藩の保科《ほしな》肥後守《ひごのかみ》を執政にすべく、大石高の国への領地替えを企む三代将軍家光の野望を果たさんと、宗矩《むねのり》は加藤明成が統《す》べる会津藩に潜り込ませた伊賀者に密命を発した。他方、一夜への嫁入りを望む信濃《しなの》屋・永和《とわ》と伊賀忍・佐夜はついに江戸の地を踏み、駿河《するが》屋総衛門のもとへ。しかし宗矩に知られ、忍を差し向けられてしまう。さらに、老中・堀田加賀守《かがのかみ》の陰謀に巻き込まれた柳生左門は……。雲煙飛動の第７弾！

装 画=西のぼる
装 丁=鈴木俊文
（ムシカゴグラフィクス）

＜初出＞
本書は、「STORY BOX」2019年7月号、11月号、2020年6月号、2021年1月号、5月号、2022年9月号、10月号に掲載された同名作品を単行本化にあたり、加筆修正したものです。

上田秀人（うえだ・ひでと）

一九五九年、大阪府生まれ。大阪歯科大学卒業。九七年、「身代わり吉右衛門」で第二十回小説CLUB新人賞佳作受賞。二〇〇一年、『竜門の衛』でデビュー。一〇年、『孤闘　立花宗茂』で第十六回中山義秀文学賞を受賞。二二年、「百万石の留守居役」シリーズで第七回吉川英治文庫賞を受賞。「奥右筆秘帳」シリーズは、「この時代小説がすごい！」の〇九年版、一四年版と二度に亘り、文庫シリーズ第一位を獲得、第三回歴史時代作家クラブ賞シリーズ賞も受賞。

編集　永田勝久
　　　幾野克哉

新陰《しんかげ》の大河《たいが》　上泉信綱伝《かみいずみのぶつなでん》

二〇二四年四月一日　初版第一刷発行

著者　上田秀人
発行者　庄野 樹
発行所　株式会社小学館
〒一〇一-八〇〇一　東京都千代田区一ツ橋二-三-一
編集 〇三-三二三〇-五九五九　販売 〇三-五二八一-三五五五
DTP　株式会社昭和ブライト
印刷所　萩原印刷株式会社
製本所　株式会社若林製本工場

　ISBN 978-4-09-386714-6